盡頭之處，有你

摸西摸西✦著

目次

楔子

母親曾說過，神明手中握有生死簿，人這一生能夠走到哪，都已經成定局。

生命逝世是自然的現象。人總有一天會離開這個世界，所以我們能做的就是努力活出精采的人生。

不虛此生。

人生無常，這是看遍生死的父親不斷提醒她的。

父親曾說過，無論亡者人生在世做了什麼事，我們都應該好好送他們最後一程。

即使是陌生人，但，既然是我們的客人，就要好好招待他。

或許正是因為如此，神明賦予她一個特殊的能力，讓她能夠幫助更多人。

一開始她因為這項能力而高興，但，日子久了，經歷的事情多了，她變得痛恨這項能力。

同時也恨自己的無能為力。

神明說，每個人的生命盡頭都有個人在等著你，可能是家人、朋友、戀人，又或者是寵物。

無論如何，在盡頭等著你的，就是你生命中最重要的存在。

第一章　父與子

殯葬業、生命禮儀社，一旦聽到這些名詞，一般人的第一印象便是「死亡」。

身在服務業的禮儀師，他們服務的對象與一般服務業大有不同。

他們的客人是往生者。客人有可能非親非故，也有可能是自己的親人、朋友、戀人，無論如何，他們都必須秉持著同樣的信念——尊重，並且盡心完成每一場喪事。

吳靚手裡捧著資料，坐在靈堂外的塑膠椅，和家屬討論明日告別式的事宜。

「劉太太，明天告別式的流程妳可以透過這份資料讓妳更加了解。在此我就先簡單跟妳說明。一開始是家祭，家祭結束後才是公祭，家祭時……」

她向家屬解釋完告別式流程，她的電話響起，瞥了一眼來電人，她馬上接起電話，「陳先生你好……嗯、嗯，好，我先派我們公司的人過去，我隨後趕到。」

通話結束，她將手機收進口袋，抬頭對面前的家屬說：「劉太太，我另一邊還有工作要處理，我先過去，如果有任何問題可以打電話給我。」

劉太太微微頷首，接著吳靚起身，走出靈堂前的帳篷，走到停在陰影處的摩托車，發動車子，準備趕到另一處的靈堂。

她現在手上有三組客人，三組中，其中一組便是劉太太的家屬，明天便要出殯，而其他兩組仍在法會流程，還在忙碌階段，所以她這邊處理到一個進度又要急忙趕往另一處。

來到另一區的靈堂，家屬看到她便急忙起身，對吳靚的態度可謂恭恭敬敬。

這是新的客人，昨日才剛入靈堂，所以有很多事情要說明、確認。

她先跟家屬確認喪事要以哪種宗教舉辦，畢竟不同宗教會有不同的法會形式，而且喪儀是否要全部舉辦也可由家屬做決定。

等到初步事項確認完畢，吳靚今日的工作也到一個段落，她離開靈堂，準備回公司休息。

踏入公司，同事看到她一臉疲倦，主動端茶給她，「吳靚姐辛苦了，喝杯茶吧。」

「謝謝妳，席恩。」吳靚向對方道謝後，接過她手中的茶杯。

仰頭喝了一小口，將水含在口中一會兒再吞下去。

方席恩，今年二十七歲，與父親都在這間禮儀社工作，兩人皆為化妝師，但，他們並不是普通的化妝師，而是大體化妝師，負責為往生者上妝或是修補遺體。

而辦公室內還有兩個男人，他們也是這間禮儀社的員工，在工作上給予吳靚很大的幫助。

吳靚端著茶杯回到自己的位置上，此時鄰近中午十二點，差不多是中午用餐時間了。

這時候殯儀館那邊應該也是準備吃飯了，除非有臨時狀況，否則她可以在辦公室待到下午三點，三點有一場法會要舉行，她得提早過去布置場地。

「吳靚姐，中午訂這間，妳想吃什麼？」方席恩將一張菜單遞到吳靚面前。

吳靚看了一眼，只看店名便決定要吃什麼，「炒泡麵加蛋。」

「OK！吳靚姐真的每次吃這間都點這個呢！」方席恩輕笑了笑。

吳靚的嘴角微微上揚，「吃習慣了。」

「好吧，那錢等等再給我就好，我先去打電話。」方席恩說完，快步走回自己的座位，拿起電話訂午餐。

吳靚將視線從方席恩身上收回，盯著面前的電腦螢幕，桌面圖是一張大合照，她擁著自己的父母，而她的左手邊站著一個男孩，男孩高出她一顆頭，雙手抱胸，將臉別向一旁，一臉不耐煩。

「若珣。」她發出一聲呢喃。

倏忽，她擺在手邊的手機響起，她看了一眼來電人，是一個陌生來電，她猶豫片刻，拿起手機，按下接聽，「喂？」

「請問是吳若珣的家屬嗎？」

聞言，吳靚皺起眉頭，神情跟著緊繃，「我是他的姐姐，請問妳是？」

「這裡是市立醫院，方才吳先生在路上發生車禍被送到醫院，目前需要住院治療，可以請妳到醫院一趟嗎？有一些住院的資料需要填寫。」

「好的，我馬上過去。」語畢，她掛斷電話，立刻起身，帶著手機跟錢包離開座位。

方席恩看到她往辦公室外走，又看到她神情慌張，腳步急促，她急忙問道：「吳靚姐，發生什麼事了嗎？」

吳靚停下腳步，按捺著內心的焦慮，說：「我要到醫院一趟，午餐幫我留著，我回來再吃。」其餘的她不再多說，邁步走出公司。

她跨坐上機車，戴上安全帽、插入鑰匙，發動車子便往醫院趕去。

市立醫院離這裡不遠，但此刻路上交通壅塞，原本只要十分鐘的車程，卻多花二十分鐘才抵達醫院。

一抵達醫院，她先到櫃台報出弟弟的名字，櫃台人員告訴她病房的位置，並把住院相關文件交給她，讓她填寫完畢後交給該樓層的工作人員即可。

吳靚先支付弟弟的掛號費用，接著拿著住院資料往電梯的方向走去。

五座電梯前都是準備搭電梯的人，吳靚依照自己準備前往樓層排電梯，站到最左側的排隊人龍，看著電梯下降到一樓，一群人從電梯內走出，卻又有一批人進入電梯，第一次電梯已滿，她只好搭第二趟。

時間一分一秒地流逝，她抿著下唇，內心越發著急。

她害怕她僅存的家人會離她而去，她害怕在她等電梯的這段期間，她便與弟弟天人永隔，一想到這裡，她的身子止不住顫抖。

電梯再度回到一樓，待電梯內的人走出，她立刻走進電梯，站在樓層按鈕前，即使外面不斷有人擠進，她也不打算讓出這個位置。

這座電梯只停在單數層，電梯停在七樓，吳靚率先走出電梯，順著指示牌，找到弟弟的病房。

「若珣——」

她來到二號床位，看到弟弟的頭被繃帶纏了好幾圈，右手也打上石膏，他緊閉的眼眸，在聽到吳靚的呼喚後，緩緩睜開。

「妳怎麼來了？」吳若珣虛弱地說。

吳靚咬著下唇，看到他這副模樣，胸口堵堵的，很難受。

「我是你姐，是你的家人。」何況她也是他唯一的家人了。

吳若珣的視線瞥向一旁，冷淡的說：「我還以為妳沒血沒淚，真虧妳還記得我這個弟弟。」

吳靚的眼瞼垂了下來，抿著唇，不發一語。

❀　❀　❀

幫弟弟辦理好住院手續後，她在回到病房前先打一通電話給方席恩。

電話接通，吳靚向她說明吳若珣的狀況，還讓她先安排其他人代替她到下午辦法會的靈堂去布置，等確認吳若珣的情況穩定後，她就會趕回去。

「吳靚姐，妳別著急，法會那邊我會請人去處理，妳回來的路上也要注意安全，別貪快，知道嗎？」

「嗯，我會的。那就麻煩妳了。」語畢，她掛斷電話，將手機塞入褲子的口袋。

靈堂那邊暫時可以放心，而吳若珣除了外傷，因為撞擊力道之大，他的體內有出血的情形，因此仍需要住院治療。

方才他說的話，至今仍迴盪在腦中。

他說她是個沒血沒淚的人，這句話一點也不假，而這次見到吳若珣也已經間隔了三個月。

這三個月的時間，兩人沒有任何聯繫，一通電話、一則訊息也沒有。

這次吳若珣出車禍，反倒讓兩個三個月不見的家人重逢，但並未讓兩人破冰成功。

吳靚回到病房，看到吳若珣閉著眼眸，胸脯有規律地起伏，她坐到病床旁的椅子，近距離端詳他的面容。

從小到大，吳若珣總是這樣不苟言笑，分明是個長得好看的孩子，卻不輕易露出笑容，這種情況在父母離開後更加嚴重。

「對不起。」她低聲向躺在床上的吳若珣道歉。

這句道歉夾雜許多含意，倘若吳若珣醒著，她絕對說不出口。

無論吳若珣恨她、討厭她，她都不會有半句怨言，因為她確實對不起他。

視線從吳若珣臉上瞥向房間的角落，從方才她便一直忍著不去看那個地方，但那個聲音一直困擾著她的耳朵，她終究沒忍住，看向角落處。

有個男孩蜷曲在角落，他不斷哭泣，從吳靚進入這間病房時或是更早之前就一直是這個狀態。

吳靚一開始不打算理會他的原因很簡單——他是「祂」，是已經往生的人。

自國小時發現自己能夠看見無形的存在後，她從一開始的害怕到現在的淡然面對。父母曾說過，這是神明賦予她的能力，讓她以這項能力幫助祂們。

而這個能力確實讓她嘗了不少苦頭。

好比現在，男孩發現她能夠看見他，便起身離開角落，走向她。

「姐姐，妳為什麼能夠看到我？」男孩開口問道。

這間病房總共有三個床位，此刻三個床位都有人，倘若她在此時開口回應男孩的問題，肯定會被人當作神經病看待。

一個對著空氣說話的神經病。

吳靚沒有立刻回答他的問題，而是指了指門口，盡可能壓低音量，說：「去外面談，好嗎？」

原以為男孩會答應，卻看到他搖搖頭，「不行，我不能離開這裡。」

聞言，吳靚馬上了解男孩的狀況，可是在病房內跟他說話，若是被別人看到也不好，於是她先確認這個病房除了自己，並無其他家屬，而病患也都在休息後，她才開口，「你為什麼哭呢？」

依據男孩的狀況，她知道這個男孩剛離開不久，而且他生前就住在這間病房，是在病房中過世的。

男孩稚嫩的臉龐滿是瘀青，坦露在外的皮膚也可見各種傷疤，燙傷、瘀血還有像是被條狀物緊緊束縛許久留下的痕跡。

光憑男孩的狀況，她多少猜出男孩生前有什麼遭遇——家暴。

「姐姐，我想找爸爸，爸爸一定在找我。」男孩激動的說。

吳靚挑起眉，疑惑的問，「爸爸？為什麼要找爸爸？」

男孩抓住吳靚的手，慌張地說：「因為我趁著爸爸外出跑出門，如果爸爸找不到我，他會生氣的。姐姐，妳可以帶我去找我爸爸嗎？」

她明白這是男孩在人間最後的心願，倘若無法完成他的願望，他就無法安心離開，只能繼續守在這裡。

但，從男孩方才話中，她得出一個結論，傷害男孩的人便是他的父親。

他說爸爸會生氣，而他從頭到尾都沒提到媽媽，可見生前對他施暴的人便是他的爸爸。

眼下，她也無法拒絕男孩的要求，若是拒絕，想必他會一直纏著她。

有的時候她會裝作看不到那些無形的存在。那些無形的存在，對於能夠看到祂們的人類會感到興奮，畢竟一般人類是看不到祂們的，唯獨像吳靚這般擁有陰陽眼或是對靈體較敏感的人才會察覺到祂們。

因此，若非必要，吳靚在路上即使看到也會裝作看不見。

她畢竟不是聖人，沒辦法一個一個的達成祂們的願望，這次會幫助男孩，也是因為他的狀況令她想起以前幫助過的弟弟。

那個弟弟也是被家人虐待，又因為他的穿著總是破破爛爛，因此走在路上時常被其他孩子看不起，甚至會出手打他。

有次，吳靚看到他被欺負的畫面，卻無能為力，因為那時她正準備去幫忙，卻被媽媽拉住，「妳現在過去有什麼用？妳也想跟著被打嗎？」

確實，她過去可能也是挨揍的，但，如果媽媽跟她一起去，不就可以趕跑那群正在欺負人的孩子嗎？

可是，無論她怎麼解釋，無論她說什麼，媽媽只是拉著她繼續前行，完全不打算伸出援手。

那個時候她不明白為何自己有能力卻不去幫助別人，也是到了長大，見過世面後，她才明白無能為力的感覺。

或許那個男孩被欺負很可憐，他們在那時伸出援手確實能夠幫助他脫離險境，但之後呢？那群孩子欺負人的舉動並不會因為一次被阻止而停止，下一次，她們還幫得了他嗎？

不知道。

不伸出援手，是給男孩一個學習的機會。即使過程辛苦，但，倘若他能撐過那段痛苦的時間，並學會反擊，是不是對他往後的日子會有不同影響呢？

但，現在的情況不同。此刻站在她面前的不是那個男孩，而是已經離開人世的孩子。顯然，他並不知道自己已經離開人世間，仍以為自己還活著，所以他希望能再見到爸爸，因為爸爸生氣打他的模樣已經烙印在他的記憶深處。

即使已經死亡，仍記得。

「我可以帶你爸爸來見你。」

她想清楚了，她要幫這個孩子完成心願，她想讓這個孩子走得安心。

❀ ❀ ❀

「請問一下，七零六病房之前是不是有個小男孩住在這裡？」

「不好意思，這是病人的隱私，我們不方便透露。」

「好，謝謝。」

吳靚從櫃檯前離開，輕嘆一口氣，「事情果然沒有那麼簡單。」她心想。

原本是想從護理師那邊得到一些線索，不過就像護理師方才所言，那是病人的隱私，醫院有保密的責任。

她走回病房，見那孩子又縮回病房角落，她走上前，在他面前蹲下，「你家住哪裡呢？你告訴我地址，我去找你爸爸。」

男孩流暢地背出住家地址，也簡單描述父親的長相。

最後吳靚又問了男孩的名字，男孩說他叫周序宸。

吳靚記下男孩住家的地址及名字，告訴男孩，她明天會帶爸爸來見他，男孩聽了很高興，也不再哭泣。

她低頭看了一眼手錶，發現已經兩點五十分了，現在趕回殯儀館，法會也已經開始，幸好她事先讓方席恩派人過去布置場地，否則家屬、師父肯定都在等她，耽誤法會的時間也不好。

她走回吳若珣的病床邊，當她走近時，吳若珣也睜開眼睛，一臉淡然的看著她。

「妳又在多管閒事了嗎？」他說。

吳靚扯了扯嘴角，平淡的說：「我無法不管他。」

吳若珣發出一聲嗤笑，嘲諷道：「妳還沒得到教訓嗎？妳還想讓多少人因為妳的多管閒事而變得痛苦呢？」

聞言，吳靚的臉越發深沉，但是她依然沒有反駁他，而是淡淡的說：「我要回去工作了，晚上再過來看你。」

「妳不用來了，我讓我朋友來照顧我就好。」吳若珣對於吳靚的好意絲毫不領情。

然而，吳靚也有自己的堅持，「我是你的家人，我們現在是彼此唯一的家人。」她無法放任吳若珣不管，只要他活著的一天，她就有義務照顧他。

吳若珣只是翻身，背對著吳靚，不再開口。

吳靚知道他需要時間，何況他現在是病人，他需要休息。

「那我先回去了。」在離開前，她又看了角落一眼，看到男孩朝她揮揮手，她微微勾起嘴角，接著邁步走出病房。

回到殯儀館，她馬上趕到法會現場，法會已經開始進行，她站在外頭看著一位師父帶著家屬一起誦經，場地布置也沒出差錯，鮮花、水果都有。

「吳靚。」

她回頭，看到自家員工走了過來。

「家丞，謝謝你的幫忙。」吳靚打從心底感謝道。

許家丞淺淺一笑，「都是同事，別這麼客氣。」他頓了一下，收起笑容，低聲問，「妳弟弟他還好嗎？」

聽到弟弟，吳靚只是苦澀一笑，淡然的說：「還要住院觀察，但意識是清楚的，還能嘲諷我呢。」

許家丞挑眉，神情也是無奈，「妳也別放在心上，妳弟弟他就是這種個性。」

「嗯，我知道。」吳若珣會這樣對待她，她一點也不意外。

兩個人並肩站在一起，注視著法會進行。

坐在師父後方的家屬手捧著經文，垂首呢喃著。

誦讀經文的過程持續了一小時才暫時停止。

只見為首的師父站了起來，並轉過身，面向家屬，「我們先休息一下，等等再繼續。」家屬也站起身，雙手合十，向師父欠身。接著他們各自離開座位，吳靚和許家丞也在此時走向師父。

來到師父面前，吳靚雙手合十，說了句「阿彌陀佛」，接著開始與師父寒暄。

這位師父從吳靚的父母仍在世的時候就認識吳靚。師父與他們合作多年，多場法會都是請人來主持，這位師父在法會開始前都會對家屬說一個小故事，故事的結尾都會帶出他的人生哲學，十分有趣。

師父的人生歷練豐富，出家前，師父有妻兒，兒子甚至已經大學了。等到孩子上了大學，他做出一個決定便是出家。

對於他的決定，家人必然會有意見，然而，他的妻子卻是最支持他的人，以至於最後，妻子也跟著出家，一同修行。

自從知道師父的故事之後，吳靚對師父越發敬佩。能夠放下人世間的牽掛，出家修行，真的很不容易。

「小靚啊，妳剛剛去過醫院了嗎？」

師父突然的一句話令吳靚倒抽一口氣，「你怎麼會知道？」

師父只是莞爾，輕描淡寫的說：「妳身上沾染上的氣味，還有……」他頓了一下，神情變得幽深，「小靚，能夠讓亡者放下的方式很多，但千萬不可以身涉險。」

聞言，吳靚不禁挑眉，但下一刻，又恢復平靜，「嗯，師父說的我明白。」

師父抬手，拍拍她的背，「做這一行不容易，尤其妳又比較特別，辛苦了。」

吳靚扯了扯嘴角，硬是牽起一道笑容，「謝謝師父，師父也辛苦了。」

法會下半場準備開始，家屬們回到位置上，從師父手中接過經文，在開始前，師父又說了一段故事，等到故事結束，又繼續誦讀經文。

法會結束，吳靚讓許家丞幫忙恢復場地，而她則到另一處靈堂去看看情況。

到了另一處靈堂，只見家屬幾個人湊在一塊低頭折蓮花及元寶。兩個孩子的中間有個紙箱，專門裝已經折好的元寶；在大人腳邊也有個紙箱，裡頭則是裝有紙蓮花。

吳靚走上前，家屬見她，除了年幼的孩子外，其餘大人皆朝她微微頷首。

「劉太太，今天離開前我們就會把這些蓮花、元寶裝箱上封條，明天告別式結束會燒給先生。」

在靈堂內已堆疊好幾個紙箱，裡頭全裝滿元寶和蓮花，由此可見家屬的用心。讓往生者腳踩蓮花，步步升天；而元寶折得越多，也讓逝者在另一個世界有足夠的金錢得以花用。

他已無法在人間享樂，只願他在另一個世界能夠快樂、衣食無缺。

吳靚看著劉太太，一邊折蓮花一邊流淚，其他大人的神情也很凝重，唯獨小孩子仍可在一旁嘻笑。

她猜不出劉太太在想什麼，但一定是跟往生者有關，她定是一邊折蓮花，一邊想著往生的丈夫。

在殯儀館工作多年，這種情況她見多了，也習慣了。

有如此想法的她是不是很冷血無情呢？

生命總有一天會離開，一切都是早晚的事。

她，也終究會走向人生盡頭。

❀ ❀ ❀

傍晚，在工作結束後，吳靚帶著晚餐到醫院找吳若珣。

吳若珣看到她出現，面無表情的說：「不是叫妳別來了嗎？」

吳靚舉起手上的晚餐，淡然說道：「我不帶晚餐過來，你吃什麼？」

「盡是多管閒事。」吳若珣雖然嘴上這麼說，但當吳靚拆開晚餐的塑膠蓋，淡淡的香氣飄出後，只見他吞了一口唾沫，眼神緊盯著吳靚手裡捧著的稀飯。

他目前的情況還是吃清淡的食物就好，所以吳靚幫他買了一碗蛋粥，鵝黃色蛋花配上白稀飯，雖是簡單的一餐，卻能填飽吳若珣的肚子。

吳靚一口一口地餵著他，等到他確實吞嚥後，才又將盛滿稀飯的湯匙挪到他嘴邊。

「若珣，你以後騎車要多加注意，知道嗎？」

她聽護理師說明他出車禍的狀況，聽到他被右方疾駛而出的車子撞上，整個人拋飛出去，雖然撞到了腦袋，也摔掉一隻手，所幸意識清楚，還能與人溝通。

當她得知車禍的狀況，真的只能說吳若珣命大、運氣好，否則嚴重的話，腦部遭到重擊腦出血，不是當場死亡，便是急救後變成植物人。

吳若珣吞下口中的稀飯後，回了句，「妳什麼時候變得這麼關心我了？」

吳靚在心底嘆口氣，還是那句話，「我是你的姐姐，是你的家人。」

「那我最需要妳的時候，妳在哪裡？」

這句話堵得吳靚啞口無言，確實如他所言，在他最需要她時，她沒有陪在他身邊，是一個人躲起來了。

翌日，因為今天劉先生要出殯，吳靚起了個大早，一早便到劉先生的靈堂準備今日出殯的事宜。

負責管理冰櫃的蔡大哥已經先一步將冰櫃的開關關閉，接著便由接體師將劉先生從冰櫃內小心翼翼地抬了出來。

接著將劉先生輕放在一個平台上，而方席恩及她的父親方旗進入靈堂內，準備幫劉先生化妝。

大約半小時過後，方旗父女從靈堂內走出，並請家屬到裡面確認妝容是否有需要再修補的地方，若無問題，便要準備入棺了。

家屬到靈堂內再見劉先生最後一面，一看到昔日的親人，如今竟變成一具冰冷遺體，再也無法露出笑容，再也無法與他們寒暄，原本消停的淚水再次落下。

吳靚和許家丞站在家屬後方，聽著靈堂內逐漸增大的啜泣聲，兩人的內心其實也很難受。

即使入行多年，辦理多場喪事，生命的逝去始終令人難過，卻也讓他們更懂得珍惜彼此相處的分分秒秒。

法會於早上十一點結束，劉先生被送往火化，火化時間即為家屬的用餐時間，待兩小時過後再回殯儀館撿骨，接著再送往預定放置的塔位，進行進塔儀式即可。

在家屬到附近的餐廳用餐時，吳靚也先回到公司休息。

忙了一個上午，從一早開始忙碌，都還沒有機會坐下休息呢。

可是，當她邁入辦公室，卻見到一個陌生的男人。

男人一看到她，不知為何，臉上竟是帶著燦笑，好像很高興看到她似的。

吳靚不禁蹙眉，她可不記得自己認識這個男人，為什麼他看到自己會是這副模樣呢？

男人原本正和方席恩聊天，一看到吳靚便把方席恩拋置腦後，這讓方席恩哭笑不得。

「吳靚姐，這位先生說他是見習禮儀師，想來這邊學習。」方席恩幫男人說明他的來意。

吳靚的眉頭越皺越深，他們公司的員工基本上都是在這個圈子有幾年經歷的人，還沒來過見習生呢。

她知道現今想成為禮儀師有許多管道，其中一種便是進入禮儀社見習，從見習的過程中學習，並在之後藉由通過公司內部考核成為真正的禮儀師。

但這個現象對他們來說是第一次。

吳靚認為他們公司暫時不需要新員工，何況還是個見習生，她才沒有那個時間帶他認識這個環境，教他如何成為真正的禮儀師，因此，她拒絕他的提議。

不過，即使被吳靚拒絕，對方仍不洩氣，甚至自告奮勇要幫忙打掃環境。

他說：「請讓我從清潔工的身分開始做起，可以付我底薪就好，但請讓我留下來工作！」

吳靚原本堅持不收他，但是不僅方席恩幫他說話，甚至連其他員工也認為可以讓男人留下來。因為男人的態度堅決，而且也很有心，甚至願意從清潔工做起，又願意拿底薪，就是堅持要在這裡工作的決心，打動了他們。

「吳靚姐，妳就讓他留下來吧，而且我們公司也該注入一些新血了，多個人，也算減輕妳的負擔，不是很好嗎？」方席恩繼續說服吳靚。

最終，吳靚拗不過他們，她也真的被說服了，於是便答應男人進入公司工作，不過，既然男人願意從清潔工做起，那就先讓他幫忙打理公司的環境，至於禮儀師的工作，她要視他的工作情況再做打算。

男人聽到可以留下來工作後，激動的說：「謝謝老闆！我會努力工作的！」他突然想起什麼，尷尬的笑了笑，說：「我還沒自我介紹呢，我是江奕海，二十五歲。」

「哦！那你是公司裡面年紀最小的呢！」方席恩興奮的說，接著她拍拍江奕海，大拇指指向自己，「我是方席恩，二十七歲，你就叫我一聲姐吧。」

「恩恩，妳不過大奕海兩歲，還想被叫姐姐哦？」

「對啊！奕海叫我一聲哥還不為過，叫妳姐姐？這不太好吧。」

公司其他員工在聽到方席恩的話後，不禁調侃她。

方席恩氣嘟嘟地轉過身，忿忿不平地說：「不管啦！以前我是公司裡最年輕的職員，現在有比我更年輕的，我就想被叫一聲姐嘛！」她轉過身，面對江奕海，「奕海，記得要叫我姐哦，反正稱呼裡面一定要有『姐』字！知道嗎？」

江奕海也很配合，「嗯，席恩姐。很高興認識妳。」

聞言，方席恩滿意的笑了笑，「不錯嘛，既然你叫我一聲姐了，那我絕不會虧待你，以後有需要幫忙的地方儘管說，姐會幫你的！」

「真的嗎！那我先謝謝席恩姐了。」語畢，他望向吳靚，似乎在等她發言。

吳靚在心底輕嘆一口氣才開口：「吳靚。」

「吳靚……真好聽。」江奕海的嘴角大幅度上揚。

吳靚看著他的笑容，對他說的話並沒有太多反應。

吳靚，無盡。但人生絕對有盡頭，並非無止盡。

每個人的生命盡頭都有個人在等著你，只是她沒想到，等著她的人，竟是他們……

❀　❀　❀

江奕海來到公司這天就立刻上工。

但因為中午時段，吳靚讓他先去吃飯，等吃飯完再開始打掃即可。

她清出一張桌子，當作江奕海的位置，「你自己把位置清理一下，打掃的工具都在廁所內的置物間，如果有毀損或是缺什麼你就到那張桌子上的夾板填寫。」吳靚的手指指了角落處的桌子，上頭放著許多夾板，夾板上夾著紙。

「還有，雖然你暫且是公司的清潔工，但我會隨時考驗你，你要有心理準備。」想當禮儀師可不簡單，應當具備什麼知識，想必他是清楚的。

江奕海點點頭，正經八百地說：「嗯，我有認真學習，我會嚴肅面對每一次的考驗！」就他這句話，吳靚對他的印象稍微加分。她下意識點頭，但語氣依然平靜，「想從事這個行業本就要有這種心態。你要知道，即使我們的客人是亡者，但是我們還是要以嚴肅的心態去對待祂們，千萬不可以開玩笑，要以最真誠的心態，尊重每一條生命。」

「吳靚姐說的我都明白，我也會確實做到的！」江奕海大聲的說。

聞言，吳靚的嘴角微微上揚，「吃完飯，我讓席恩帶你認識環境，之後你先把辦公室髒亂的地方整理一番，我會看你的表現，決定之後是否讓你跟在我身邊學習。」

江奕海一聽，原本嚴肅的面容瞬間綻放出笑容，「真的嗎？吳靚姐，我可以待在妳身邊學習嗎？」

看他如此興奮，吳靚假裝清喉嚨，「咳……不想嗎？」

「想！我想跟在吳靚姐身邊學習！」江奕海二話不說，立即回答。

「各位，飯送來囉——」

此時，方席恩的聲音傳了過來。

吳靚趁機別過頭，不想讓江奕海看到自己此刻的神情，「快去拿飯吧，吃一吃就開始工作。」

江奕海沒有發現她的異常之處，他只要想到自己能夠在吳靚身邊學習，他便無法按捺內心的激動，「我會速戰速決的！吳靚姐，我會在三天內讓妳肯定我的！」

「誒，三天也太……」

「我去吃飯囉！」

他不等吳靚說完，趁機拔腿開溜。

吳靚一臉無奈地看著江奕海逃難似的背影，她苦笑了笑，喃喃著，「真是個怪人。」

為什麼他如此肯定自己能在三天內獲得她的肯定呢？他到底是哪來的自信？

而且，他為什麼這麼想待在她身邊？她不懂。

中午用餐結束，吳靚可沒忘記自己下午的行程。

她答應男孩，今天會帶他爸爸去找他，所以她下午必須跑一趟男孩的家。

雖然對許家丞很抱歉，但是劉先生那邊就只能交給他處理了。

下午一點半左右，劉先生的家屬就會到撿骨室，由撿骨室的工作人員以及禮儀社這邊的人為家屬處理撿骨事宜。

原本是她要陪同劉先生的家屬執行這些流程，但因為男孩的事，她只好請許家丞幫忙。

許家丞也沒有拒絕，只是要吳靚請他吃飯，算是還他人情，吳靚也答應了。

當她準備從公司出發前往男孩的家，卻被方席恩攔了下來，「吳靚姐，妳要去哪？」

吳靚搔了搔頭，無奈地說：「跟『那個』有關。」

她這麼說方席恩就懂了，「那妳快去吧，公司有我們，妳別擔心。」

吳靚頷首，不再多說，便邁步走出公司。

聽到兩人莫名其妙的對話，江奕海一臉困惑地走到方席恩面前，開口問道：「席恩姐，吳靚姐要去哪？還有，剛剛吳靚姐說的『那個』是什麼？」

方席恩輕笑了笑，挑著眉看著江奕海，「你確定你真的想知道？」

聞言，江奕海不禁皺眉，疑惑的問，「是什麼恐怖的事情嗎？」

「嗯……就看你會不會怕囉。」方席恩看江奕海這麼好奇，她朝他勾勾手，讓他靠近自己，接著湊到他耳邊，說：「其實啊，吳靚姐可以看得到無形的東西。」

「哦？吳靚姐有陰陽眼嗎？」

聽到這件事，江奕海的反應不似方席恩所預料。她以為江奕海聽到這件事會像當初的她一樣大驚小怪，但江奕海的反應卻出奇平靜。

「你不驚訝嗎？吳靚姐有陰陽眼，而且又是從事殯葬業的，你不怕嗎？」

「怕？」江奕海偏頭看著方席恩，「為什麼要怕？」

這下子反倒是方席恩瞪大眼睛，一臉震驚的說：「哇！江奕海你不簡單哦！還是說你身邊也有看得到的人，所以你的反應才會那麼平靜？」

只見江奕海緩緩勾起嘴角，「嗯，我身邊確實有看得到的朋友。」話鋒一轉，他的口氣變得冷淡，「看得到也沒什麼，因為我們總有一天都會變成他人看不見的存在，而她，便能看到我們……」

說到後面，那些話像是被含在口裡，彷彿是在自言自語，方席恩只聽到前面，後面什麼也聽不清楚。

「你怎麼越說越小聲啊？你把後面的話再說一次。」

但，江奕海並沒有照做，只是莞爾一笑，「席恩姐，我擔心吳靚姐會出事，我可以偷偷跟在她後面嗎？」

既然江奕海不說，方席恩也不勉強，「你想怎麼做是你的自由，只要別被吳靚姐發現就好。被她發現她可是會生氣的。」

「嗯，我會小心的。」江奕海說。

語畢，他放下手中的掃把，衝回自己的座位，帶上自己的手機跟錢包，在離開前，大喊道：「那我先走了。」接著便衝出公司。

等到江奕海離開，辦公室內才有人開口問，「他知道老闆要去哪嗎？」

此話一出，立刻點破每個人心中的疑慮。

「對，我剛剛就是在想這個問題。老闆也沒說她要去哪，江小弟要怎麼找到老闆？」

「我們剛才都來不及點出這個問題，現在可好，人都跑了，難不成還要把他叫回來？但我們也不知道老闆去哪啊！」

方席恩坐在位置上，托著下巴，無奈的笑了笑，「就看奕海的運氣囉。這條路出去是一條筆直的道路，就看奕海能不能追上吳靚姐。」

她有預感，江奕海的出現會改變吳靚。至於為何有這種預感她也不清楚，反正她就是如此覺得。

❀　❀　❀

吳靚依照男孩給的地址來到一個社區。社區內的建築清一色的老舊二樓透天厝，她騎車經過時總會看到老人家坐在門口納涼，或是鄰居相聚話家常。

她減緩車速，慢慢尋找男孩的住家，「……找到了。」

屋子大門深鎖，屋外信箱塞滿各種文宣、帳單，都已經滿溢而出，甚至掉落地面。

她將車子停在門口，下車後走上前去按門鈴。

叮咚——

在屋外便可聽見迴盪在屋內的鈴聲，但過了許久遲遲沒有人來應門。

她再次比對地址，並沒有找錯地方，男孩給的地址確實是這裡。

她又嘗試按了一次，但始終沒有人出來。

「是不是不在家呢？」她自言自語著。

「小姐，妳找那戶人家有事嗎？」

吳靚聽到聲音轉過身，看到一個駝背的老奶奶拄著拐杖站在她身後不遠處。

吳靚心想，「這位老奶奶應該是男孩的鄰居，或許她會知道些什麼。」

於是，她開口道：「奶奶，請問妳知道周先生大概什麼時候會回來嗎？我按了門鈴也沒人回應，想說他應該是不在家。」

「他很久沒回來啦！妳想找他的話要去別的地方。」

「別的地方？那個地方是哪？」

不過，令吳靚訝異的點是這位老奶奶為何會知道周先生的去處？

老奶奶緊閉雙眸，空出的那隻手扶著額頭，「這個嘛……我記得沒錯的話是在前面那間工寮，妳去那裡應該就可以找到他了。」

吳靚望向前方，確實有間工寮，她轉頭正想和老奶奶道謝，但老奶奶卻消失了。

「咦？」吳靚越想越不對勁。老奶奶拄著拐杖，行動應該不太方便，而她也只是看了一眼工寮，老奶奶就不見了！

她似乎明白了什麼，方才的訝異也慢慢消退。

她長吐一口氣，接著邁步，往工寮的方向走去。

走近工寮，吳靚才看清楚，這所謂的工寮其實外頭堆滿雜物，鐵皮屋嚴重生鏽，玻璃窗龜裂，碎片掉落在地，根本沒有人處理。

但這些破損都沒有外表燒焦的痕跡來得嚇人。

再加上她看到幾個全身燒傷，嚴重毀容的鬼魂，她更加確定一件事——這裡曾經發生火災，而且有人傷亡。

既然老奶奶說男孩的父親在工寮裡面，那她也只好進入工寮內一探究竟。

她直接忽視工寮外的鬼魂，即使那些面目毀損，整張臉糾結在一起的鬼魂從她面前經過，她穩住呼吸，一臉淡定地走進工寮。

工寮內的情況更糟糕。空氣中飄著一股焦味卻又夾雜霉味，她下意識皺眉，越往深處走，她看見一個躺在地上，身上穿著破破爛爛，一看腳底便知道他長期打著赤腳走動，不僅破皮了，而且十分骯髒。

看男人的身軀微微起伏，至少確定他還活著，否則在這個地方再出現一具屍體她也不意外。

「周先生……周先生！」

男人睡得很沉，無論她怎麼呼喚他依然沒有甦醒的跡象。

吳靚沒轍，只好蹲下身子，伸手搖晃他的身軀，「周先生，你醒醒啊！」

她不停搖晃他，好不容易男人的睫毛微微顫抖，擰著眉頭，開始伸展身體，「妳是啥啊？」

他睜開眼睛，看到在他面前的吳靚，以台語的方式，極為不耐煩的問道。

「你是周序宸的爸爸對吧？」

聽到男孩的名字，男人的眼睛不自覺瞪大，眉頭越皺越深，迅速坐起身，一臉兇惡的瞪著吳靚，「妳怎麼會知道這個名字？妳到底是誰！」

憑男人激動的反應，吳靚便可知自己並未找錯人，這個男人確實是男孩的父親。

她淡然的回應道：「其實是你兒子請我幫忙，他希望能再見你一面。」

「我兒子？我兒子死了，難不成他託夢請妳幫忙？別說笑了，我不會相信妳說的話！」

男人的反應在吳靚的預料之中，她冷笑了笑，說：「你就當作是託夢給我的吧，但是……我還是希望你跟他見一面。」

「為什麼我要聽妳這個瘋婆子說的話去做？他已經死了，我要怎麼見他？妳瘋了吧！」

男人朝著吳靚怒吼。

吳靚面不改色，神情依然淡然，可她的語氣卻夾雜著憤怒，「你都不會對他感到抱歉嗎？他生前你是怎麼對待他的你忘了嗎？你以為自己是他的父親就可以對他拳打腳踢？」

男人的所作所為被吳靚說出口，他面色難看，方才的銳氣也收斂些，「我、我是在管教孩子，妳又知道什麼了。」

「是，我只是個外人，但既然他向我求援，他因為這件事無法安心離去，我就只能盡我所能的幫助他。」她深切希望周先生能夠正視過去自己所犯的錯。

男人看來很猶豫，神情也多了一絲哀傷，吳靚想起方才在他住處外頭所見的景象，「你還想逃避到什麼時候？你以為可以一輩子都躲在這間廢墟嗎？你以為只要你兒子離開你就不必向他道歉嗎？」

「人都死了，要怎麼道歉……」他低頭碎碎私語。

吳靚聽到他的話，嘴角微微上揚，平淡的說：「我會給你機會跟兒子道歉。」

聞言，男人猛然抬起頭，「妳可以讓我見到他嗎？可是，該怎麼做？他已經不在了，哪可能見得到啊！」

吳靚知道男人把自己的話聽進去了，於是她把自己能看見鬼魂的事說出口，還告訴男人，男孩因為對這個世界仍有眷戀，所以他仍滯留人間，沒有離開。

「我兒子真的還沒離開嗎？」男人一臉不敢置信。

「嗯，所以我才說你還有機會向他道歉。」

男人沉思半晌，吳靚也等著他，反正只要在今晚之前到醫院去，她就算是完成男孩的心願。

「……那孩子，真的希望再見到我嗎？」男人變得畏畏縮縮的，與一開始兇狠的態度形成對比。

「這是他的心願。」吳靚心平氣和地說。

男人垂下頭，身子不知為何開始顫抖，「帶我去見他，我要親口向他道歉。」

吳靚微微頷首，「嗯，我會帶你去見他。」她頓了一下，眼神注視著男人的穿著，「我們等會要去醫院，我建議你換件衣服、穿上鞋子會比較妥當。」

「醫院？」男人疑惑著看著她。

「去醫院沒錯。你兒子就在醫院等你。」

如果他不出現，男孩便會一直等下去。

這句話她沒有說出口，因為她已經知道男人的決定。

周先生先回到自己的住處更衣，換完衣服、穿上鞋子，他坐上吳靚的摩托車，由吳靚載著他前往醫院。

而兩人都未察覺後方有個身影緊盯著他們。

在他們離開後，身影也消失得無影無蹤。

❀ ❀ ❀

路途，周先生不自覺向吳靚說起他的故事。

他從小就是個愛玩的孩子，是老師們口中的問題學生。長大後，他一事無成，找工作遇上困難，否則就是一個工作無法持續很久便離開工作崗位。

當時他遇見男孩的母親。男孩的母親生得非常漂亮，是個氣質美女。他拚命追求，好不容易對方答應跟他交往、結婚，卻在男孩出生不久，與別的男人跑走了。

在妻子離開後，他悲慟萬分，他自認自己不是個好老公，因為他沒錢帶著妻子上餐館吃飯，更沒錢買禮物送給妻子。但被妻子拋棄，他除了悲傷之餘便是憤怒。

他開始不去工作，整天渾渾噩噩的待在家裡。他的母親搬過來跟他一起住，因為在男孩的母親離開後她怕男孩沒人照顧，沒想到搬過來的她卻成了兒子生氣時的出氣筒。

男人喝了酒情緒不穩定時，便會朝著母親大呼小叫，甚至出手打她。

他不只會打母親，更想傷害自己的孩子。為了保護孫子，她將孫子護在懷裡，承受著兒子的毆打，卻不吭一聲。

直到幾年後，男孩上了小學，父親的性子依然不改。就在某天夜裡，老母親又為了保護孫子被兒子毆打，但是這次可沒之前那麼好運了。老母親被兒子拿酒瓶砸到腦袋，瞬間血流不止，老母親也倒地不起。被緊急送往醫院，到院時已沒了生命跡象，搶救後仍宣告不治。

在老母親離開後，再也沒有人能夠保護男孩。

此後，他將日常的怒火都發洩在男孩身上，生氣就打、罵，即使男孩哭著求饒，他依然不肯放過他。

他甚至將男孩綁起來限制他的行動，繩子摩擦也在他身上留下傷痕。直到有天，他只是外出買午餐，一樣把男孩綁著，限制他的行動，然而這次，男孩卻掙脫束縛，偷跑出家門，可就在離家不遠處的路口，被從一旁竄出的車子撞上，送醫搶救雖然救回一命，但住院兩天，男孩的情況突然急轉直下，最後人還是走了。

在男孩走後，他赫然發現自己身邊已經沒有親人了。

走的走、閃的閃，沒有人想待在他身邊，好似他被這個世界拋棄一般。

他開始後悔，後悔當初沒有善待母親及兒子，倘若他及時醒悟，母親和兒子就不會離開他身邊。

男人自顧自地說著，吳靚只是豎耳聆聽，但注意力仍放在眼前的道路。

她聽過太多類似的案例，這也讓她明白一件事——人們總是在一無所有時，才明白過去的自己有多麼可恨。
每次都要等到失去至親，等到孤身一人，才知道後悔。
何必呢？
但，她也明白一個道歉有多麼重要。
男孩無法安心離去的原因便是因為他仍掛心著父親，她不知道男孩想對父親說什麼，何況男孩說的話男人也聽不見，他到底為什麼這麼執著想見到父親呢？
等來到醫院，吳靚讓男人先在外面等著，而她則進入病房。
看到吳若珣躺在床上滑手機，眼角餘光似乎看到她，但卻沒有將手機放下，也不打算跟她打招呼。
吳靚先是打量病房內的其他病人，他們各自在做自己的事情，只要把簾子拉上應該就不會有問題了。
她在窗邊發現男孩，男孩眺望著遠方，她輕喚他的名字，他立刻回頭，在看到她之後馬上跑到她面前。
「姐姐，我爸爸呢？爸爸在哪裡？」男孩興奮地問。
吳靚指著門口的方向，小聲地說：「他就在外面，我這就帶他進來見你。」她頓了一下，「不過，你得答應我一件事。」
「什麼事？」

「今天之後，你就要離開這裡，不能繼續滯留人間，知道嗎？」

像男孩這般的鬼魂會因為對人間有牽掛，認為自己有心願尚未達成因此不肯離開人間。但，在人間滯留越久，除了祂們本身的陰氣會影響祂們的家人，也會影響祂們投胎的時間。

輪迴轉世的概念她是相信的，她相信人總有一天會重新回到這塊土地，或許不是以人類的身分，但她始終相信，人死後會投胎轉世，因此待在人間越久，也會影響祂們進入輪迴轉世的時間。

「姐姐，我一定要走嗎？我不是還可以跟妳說話嗎？」

男孩此話一出，吳靚的臉色就變了。她板著臉，嚴肅的說：「你要知道，你已經不是這個世界的人了，你要放下這個世界，你不能繼續待在這裡。」

男孩聽到她的話，神情變得慌張，身子瑟瑟發抖，「可是、可是我都還沒長大……」

吳靚輕嘆一口氣，感慨的說：「是，你還沒長大，但你真的不能繼續待在這裡了。」

男孩的遭遇很令人心疼，但他真的該放下人世間的牽掛了。

不過現在看來，無論她說什麼男孩都不能理解，那就先讓他跟父親見面吧。

「孩子，我先讓你跟爸爸見面吧。」吳靚說。

男孩聽到可以見到父親，興奮地直點頭，「好！」

吳靚瞟了一眼病床上的吳若珣，他看起來很淡定，依然在做自己的事情。對於吳靚方才對著空氣自言自語他佯裝全然不知，可是他很清楚她在做什麼。

吳靚走到門口，對著蹲在門外的男人說：「跟我進來吧。」

男人站起身，一時間還有些腿軟，差一點跌回地面。他敲了敲大腿，在進病房前先深吸一口氣，等到調適好心情後，他邁步進入病房。

進入病房，他並沒有看見男孩的身影，他著急問道：「我兒子呢？他在哪？」

吳靚好意提醒他，「你忘了你兒子離開了嗎？」

聞言，他楞了一下，尷尬地搔搔頭，「不好意思，我太緊張了。」

吳靚不以為然，扯了扯嘴角，說：「你兒子現在就站在你面前，你想說什麼直接跟他說就好。」

男人望著前方，視線前方只有簾子，他看不見兒子，但吳靚告訴他，兒子就在面前，他吞了口唾沫，開口，「序宸，爸爸來了。對、對不起，爸爸對不起你……」男人膝蓋一彎，跪地哭泣。

吳靚只是在一旁看著，看著男人一邊訴說自己對男孩的愧疚，一邊哭泣；而男孩在看到父親的瞬間一把抱住父親。

她就這樣看著男孩與父親向彼此道歉，等到男人哭累了，他跪在地上啜泣，而男孩的臉上也是一把鼻涕一把眼淚。

他仰頭看向吳靚，向吳靚輕輕頷首，開口道：「姐姐，謝謝妳讓我和父親見面，我要走了。」

吳靚平靜地看著他，沒有開口。

「姐姐，可以請妳幫我跟爸爸說，我並不恨他，下輩子我還要做他的兒子。」男孩破涕為笑。

隨著窗外吹進的一陣風，男孩的身影消失在她面前。

他，離開了。

第二章　故人，客人

在男孩離開後，吳靚告訴男人，男孩離開的事情，並將男孩方才請她代為轉達的話說給男人聽。

「序宸說，他不恨你，他說下輩子也想做你的兒子。」她不疾不徐地說。

話一落下，止住的淚水再次湧出。然而，淚落下了，卻不似方才那般痛哭流涕。

顫抖的身軀，平靜哭泣的男人，在吳靚眼裡，是一個終於明白自己過錯的男人，打從心底懺悔。

男人抬手隨意抹去眼淚，緩緩站起身，面對著吳靚，朝她深深一鞠躬。接著，他步履輕盈地走出病房。

男人之後的去處吳靚無從得知，但是從他的神情、腳步，吳靚知道，他已經找到自己未來的目標。

而之後的故事，她也不需參與。

他終究只是她人生的過客——

達成男孩的心願，男人也走了，吳靚看時間鄰近晚餐時間，她決定到醫院的地下街幫吳若珣買晚餐。

「我幫你買完晚餐再走。」吳靚這句話也只是告知，並不是在詢問他的意見。

吳若珣只是瞟了她一眼，冷淡地答腔，「隨妳高興。」

竟然他都這麼說了，吳靚也沒問他想吃什麼，因為她了解吳若珣的喜好。

拎著包包，她走出病房，卻在轉角處，看到江奕海。

「江奕海。」她叫住本來想要落跑的江奕海。

被發現後，江奕海僵在原地，緩緩轉過身，尷尬地看著吳靚。

「吳靚姐。」江奕海傻笑了笑，緊張地盯著吳靚。

吳靚雙手環抱於胸前，皺著眉問道：「你怎麼在這裡？」不過此話一出，她又覺得這麼問不太恰當，畢竟現在已經到了下班時間，下班後他要去哪她也管不著。

但是話都說出口，她也不能把話收回，更不知道該如何扭轉氣氛，乾脆就不說了……

「吳靚姐，其實是我有個家人住院了，所以我才會出現在這裡……我也沒想到會在這裡遇見妳，真的！」江奕海的語氣變得激動。

聽他的口氣，吳靚並不認為他在說謊。

「那你的家人狀況還好嗎？」

「還好還好，晚點就可以出院了，我、我現在就打算去辦出院手續呢！」江奕海故作鎮定的說。

吳靚不知道他為什麼一看到自己就很緊張，她有這麼恐怖嗎？

她的眉頭越皺越深，臉色也越發難看，這讓江奕海看了更加緊張，「吳靚姐，妳生氣了嗎？」

「不是。」吳靚果斷地回答，「我只是在想，為什麼你這麼怕我？」

「沒有沒有，吳靚姐並不恐怖，妳人很好，而且我真的很敬佩妳！」江奕海急著解釋。

吳靚看他慌張的模樣，嘴角不自覺上揚，「好啦，別這麼緊張，我又不會吃人。不過，真的很謝謝你對我的肯定，謝謝。」

江奕海看著吳靚的笑顏，整個人愣住了。

他癡癡地望著吳靚，過了許久也未挪開視線。

「江奕海？」

吳靚輕喚一聲，江奕海才回過神。回神後，發現自己方才的舉止，又羞澀地垂下頭，「我、我先去辦出院手續，吳靚姐也先去忙吧！」語畢，江奕海一溜煙地跑遠了。

看著江奕海的背影，吳靚頓時失笑，「他怎麼總是在我面前逃跑啊？」

他總是跑在她前方，現在如此，未來更是如此。

男孩離開後的日子，吳靚的生活也沒什麼變化，依然那般忙碌。

從清潔工做起的江奕海，一早便來公司報告，他自動自發地拿起工具，先從公司門口打掃，又接著把公司內部打掃得乾乾淨淨。

他的所作所為吳靚都看在眼裡。江奕海很認真地把公司打理乾淨、整齊，他不曾喊苦，如此認份地工作，他的態度，吳靚盡收眼底。

三天後，她接到一通電話，也讓她做了一個決定——讓江奕海正式跟在她身邊學習。

「真的嗎？」

江奕海一聽到可以從清潔工畢業，正式成為見習禮儀師，他完全按捺不了內心的激昂，一再確認是否自己聽錯。

吳靚則是一臉淡然，微微頷首，「我看到你工作的態度，即使是一件小事，你也能將它做到最好。在這個領域，聰穎什麼的都不比細心、專注來得重要。」

禮儀師的工作很神聖，不是所有人都能從事這項工作，除了服務亡者，也要關懷家屬，在喪儀期間，陪伴家屬走過這段悲傷的時刻。

「江奕海，你等等就跟我到殯儀館，今天有位新客人會送進去。你要跟著我一起送走這位客人。」吳靚平淡的說。

江奕海興奮的情緒絲毫無法平息，他不停點頭，激動的說：「我會努力的！謝謝吳靚姐給我學習的機會！」

吳靚只是莞爾，沒有開口，逕自轉身回到位置上，開始收拾東西準備出門。

江奕海仍愣在原地，若不是方席恩提醒他，恐怕他會保持這個狀態到下班。

「奕海，我知道你很高興，但是你再繼續發呆吳靚姐都要離開了。」方席恩說。

江奕海回過神，尷尬的笑了笑，「嘿嘿，這真的太突然了，我一時間還沒反應過來。」

方席恩淺淺一笑，「我知道你高興的原因，不過你等會到了殯儀館，記得要嚴肅以待，不能任意開玩笑，懂嗎？」

「嗯，我明白席恩姐說的。」江奕海一本正經的回答。

此時，吳靚的聲音傳了過來，「江奕海，要出發了。」

「好——」江奕海拔高嗓子，回應道。

在他轉身離開前，方席恩又說道：「在吳靚姐身邊好好學習吧，也希望你的陪伴，會讓吳靚姐產生一些改變。」

江奕海原本想問為什麼想改變吳靚，然而吳靚又再次催促他，他只好將尚未問出口的話吞了回去，等之後找機會再好好問問方席恩吧。

由江奕海騎車，吳靚坐在後座，兩人抵達距離公司不遠處的殯儀館。

殯儀館有幾個區塊：停柩室、靈堂區、禮儀廳、火葬場、豎靈區……等。

兩人來到停柩室，搭乘電梯來到三樓，順著頭上的指示牌，來到剛才電話中提及的編號碼。

她走進編號十五的停柩室，看到幾位家屬正跪在亡者的遺照前哭泣。

她和江奕海就在一旁看著，直到家屬一一起身，為首的男人轉過身時注意到她，「小靚。」

「宏哲叔叔。」吳靚輕喚一聲，接著被男人一把抱住。

江奕海看著這一幕，瞳孔不自覺放大，對於吳靚與男人之間的關係感到好奇。

❀ ❀ ❀

吳靚的手繞到男人的背後，輕拍幾下，「宏哲叔叔，請節哀。」

兩人分了開來，吳靚上前向其他家屬介紹自己的身分，江奕海在一旁聽著，赫然發現吳靚與往生者是熟人，而且這位往生者竟然是她年幼時十分照顧她的阿姨。

但是現在並不適合多問什麼，江奕海只是照著吳靚的指示，在她去幫往生者辦理靈堂間時與家屬說說話，安撫他們的情緒。

江奕海來到宏哲叔叔身旁，宏哲叔叔方才便看到他跟隨在吳靚身邊，明白他也是禮儀社的人，因此見到江奕海，宏哲叔叔向江奕海微微欠身，表示敬意。

江奕海的擺擺手，讓宏哲叔叔別那麼拘謹，表明自己只是個見習禮儀師，叔叔不需要如此對待他。

然而，聽到他這麼說，宏哲叔叔卻是如此說道：「就算你還只是個見習的小夥子，但你也是要為我姐姐服務的人，我應當向你表達謝意。」

聞言，江奕海也不再多說什麼。

他和宏哲叔叔寒暄，至於其他家屬有的仍望著往生者的遺照，默默抬手拭淚，而有的則是站到角落處交頭接耳。

在停柩室內的氛圍十分凝重，飄忽著難以言喻的負面情緒。

江奕海的眼神飄向往生者的遺照，看著照片中的女子嘴角微微上揚，雖不是大肆綻放笑容，卻能看出她的喜悅。

「不知道這位阿姨是怎麼離開的呢？」江奕海心想。

此時，辦理完手續的吳靚回到停柩室，她向家屬說明整個喪儀的流程。

往生者目前待在冰櫃，晚些時間會請師父來舉行豎靈儀式，豎靈儀式即為死者豎立靈位，另立一牌位供亡魂依附。

豎靈儀式完成，會將神主牌跟遺照擺在一起。因為現在靈堂內沒有位置可以進駐，因此需要等待，待明日有人送出去之後才可以入靈堂，因此目前神主牌得暫時放置在停柩室。

說明完一開始的流程，接著便是等待師父前來進行豎靈儀式。

等候的時間，吳靚帶著江奕海先離開停柩室，讓家屬有緩和情緒的空間。

親人的離開，對家屬而言想必一時難以接受，需要給他們時間緩緩。

吳靚和江奕海離開停柩室後，來到外頭的空地呼吸新鮮空氣。

她仰頭望著天空，而江奕海則是緊盯著她。滿腦子的疑問，卻又不知如何啟齒。

「你是不是想問我我跟往生者的關係？」吳靚問。

江奕海先是一楞，接著點點頭，「嗯。」他以微弱的鼻音回應。

吳靚的視線依然望著遠方，她的臉上帶著淡淡的哀傷，淚水在眼眶裡打轉，卻遲遲沒有落下。

「韻芝阿姨在我年幼時十分照顧我。我仍記得幼稚園時，我很喜歡到她家去玩，每每下課，父母尚未前來接我前，韻芝阿姨便會帶我到她家休息，還會請我吃好多好吃的。我還記得……」

塵封的回憶在此時被打開，名為「過往」的回憶，如今，當真成了過往。

打從有記憶以來，她便明白父母的工作是忙碌的。每一天都埋首於工作中，幾乎都忙到晚上八、九點才回家，因此她尚未就讀幼稚園前，她由奶奶照顧，與奶奶也較為親近。五歲那年，她進入樂晴小學附設幼兒園就讀。因為父母工作繁忙，沒辦法在一下課便去接她，因此父母請認識的阿姨，也就是韻芝阿姨代為照顧年幼的她。

韻芝阿姨從事早餐店的工作，她有一雙好手藝，每當吳靚幼稚園下課，韻芝阿姨便會做點心給她吃。

有時候是做炸物，有的時候是小蛋糕，吳靚因此很期待去韻芝阿姨家。

韻芝阿姨有三個女兒。最大的女兒與吳靚相差十歲，最小的女兒也與吳靚相差五歲。三個姐姐都對吳靚很好，就像是把她當作親妹妹一般照顧。

每天在韻芝阿姨家等待父母來接她的時候，吳靚便會跟韻芝阿姨分享她在幼兒園的所作所為。

她告訴她，她今天在班上畫畫被老師稱讚，老師說她很有潛力，可以參加畫畫比賽；她又告訴她，她今天上課時尿褲子被同學們取笑，覺得很丟臉。

她把她的喜悅、糗事分享給韻芝阿姨，因為她真的很喜歡她。

這段幸福的時光一直到升上小學中年級時結束。父母說她不能再到韻芝阿姨家時，她真的很難過。但是那時她的課業壓力逐漸提升，父母對她的期許越來越高，也在那時她加入排球校隊，開始學習排球後，她也不再吵著要到韻芝阿姨家去了。

時光飛逝，轉眼她長大成人，承接父母的棒子，擔任這間禮儀公司的老闆已有三年的時間，與韻芝阿姨斷了聯繫也已有幾十年。

如今再次聽到韻芝阿姨的名字，昔日的故人竟成為今日的客人。那位在過去溫柔照顧她、總是面帶笑容的韻芝阿姨，現在已成為一具冰冷的遺體，再也聽不見她喚她一聲「小靚」。

回憶結束，那些記憶再次被她封存，不知何時還會被開啟，但……恐怕是沒有那個機會了。

聽完吳靚敘說與韻芝阿姨過去相處的點點滴滴，江奕海一臉沉重，試圖開口關心她，搞了半天卻說不出半個詞彙。

吳靚低頭看了一眼手錶，發現還有一些時間，於是她又接著說下去，「韻芝阿姨是在今天一早被宏哲叔叔發現她倒臥在地上，空氣中飄散著焦味，牆壁及房內的用品被燻得焦黑，他頓時驚覺韻芝阿姨在房內燒炭自殺。可是發現時為時已晚，韻芝阿姨已沒了呼吸、心跳。他想起我父母的工作是禮儀師，因此打電話到公司，想請我們協助韻芝阿姨走完人生最後一哩路。」

「韻芝阿姨她，為什麼要想不開？」江奕海小心翼翼的問道。

自殺，無論是以何種方式自殺，這都是很痛苦的決定。

燒炭自殺是屬於最痛苦的方式，當煙霧縈繞於整間房間，漸漸地感到呼吸困難，內心渴望著新鮮空氣，大口喘著氣，直到再也呼吸不到任何空氣，腦袋缺氧的情況下，人也會逐漸失去知覺。

接著，就連最後一口氣都被奪走……

吳靚的口氣依然平靜，「只能說這個世界帶給她太多負面情緒，長年受憂鬱症所苦，終究過不了那一關，就選擇自我了斷。」

這個世界最有資格對自己狠心的人，就是自己。

❀　❀　❀

時間差不多，兩人便回到停柩室，沒多久師父抵達，在師父的指示下，家屬一個口令一個步驟，師父說拜就拜，說跪就跪，就這樣，豎靈的儀式在一個多小時的時間結束。

豎靈儀式結束，師父先行離開，吳靚又跟家屬說明明天的一些事宜。

翌日，靈堂那有空位能夠進駐，大約十點左右，吳靚請家屬先到停柩室集合，而禮儀社那邊先去辦理手續，手續辦理妥當，由往生者的女兒捧著神主牌坐上禮車，與往生者一同搭車前往靈堂。

而其他家屬則在禮儀社人員的帶領下，徒步走向靈堂。

吳靚看著韻芝阿姨的三個女兒坐上禮車，看著昔日將自己視為親妹妹般照顧的三個姐姐，如今已經在各自的人生道路上發展，也有了自己的孩子，吳靚感到欣慰，卻也因今日她們失去親愛的母親而感到心痛。

禮車緩緩前行，播放著佛經，隨著車子駛離，聲音也越來越模糊。

其餘家屬也動身前往靈堂，待會還有簡單的儀式要進行，等到儀式結束，今天的喪儀才算結束。

吳靚走在宏哲叔叔身旁，而江奕海則走在吳靚身後。一路上，宏哲叔叔挺起胸膛，眼神直視著前方，毫不畏懼的模樣，吳靚看了心裡也安心不少。

她沒有詢問韻芝阿姨的先生去哪了，因為從她丈夫那一方的親人都未出席便可猜到韻芝阿姨與她先生間的關係。

若不是離婚，就是拋妻棄子，不知到了何處。

她想起以前很少在韻芝阿姨家見到她的丈夫，多半都是韻芝阿姨與女兒待在家裡，只有極少數機會見到韻芝阿姨的先生。

她也不清楚兩人之間的感情問題，畢竟當時她還小，感情的事什麼都不懂，一天到晚只知道吃、玩樂，完全是懵懂無知。

可是現在，她明白人會遭遇很多不如意的事情，會遇到許多難以預料的場合，而人也很容易做傻事。

總以為一了了之便可以得到解脫，卻不知這麼做的下場是讓愛著她的家人承擔她離開的痛苦。

吳靚心想，「若哪天我離開了，會有誰掛念我、替我辦場喪事呢？不知道……」

傍晚，等到家屬都離開後，吳靚獨自一人來到韻芝阿姨的靈堂前，看著遺照中的韻芝阿姨笑容可掬，看起來很開心，她的嘴角微微勾起，走到一旁，拿了一支香，將之點燃。

舉著香，閉上眼，將內心對韻芝阿姨的感謝之意傳達給她。

「韻芝阿姨，沒想到我們再次見面竟已是天人永隔。從小，妳對我的好我都牢記在心。即使已經無法透過言語的方式告訴妳，但，我依然想對妳說聲謝謝。

願妳在另一個世界過著無憂無慮的生活，也希望下輩子我們依然能相遇。」

將香插進香爐，吳靚雙手合十，又是一拜。

轉過身，正準備離開的她，卻看到站在靈堂外的江奕海。

「你怎麼在這裡？」吳靚問。

江奕海走進靈堂內，朝著神主牌便是一拜，抬起頭，他偏頭看向一臉困惑的吳靚，不疾不徐地說：「不是讓我待在妳身邊好好學習嗎？直到下班前，我都會待在吳靚姐身邊。」

聞言，吳靚心裡某塊禁地受到了觸動。

她不自覺睜大眼眸，卻又在一秒後恢復原狀，嘴角勾起微微的幅度，「嗯，你就跟著我好好學習吧。」

江奕海沒有立即回答，而是走出靈堂，接著轉過身，朝著吳靚露出燦笑，「我會的！吳靚姐，妳要好好看著我哦！」

看著江奕海的笑容，吳靚的內心彷彿有一道暖流流經。

分明是認識不久的人，分明江奕海年紀比她還年輕，但她怎麼會有一種一直被他關心的感覺。

而他一直走在她前方，卻又在回過頭時讓她見到他的笑容。

她覺得他的笑容很好看，希望他永遠這樣笑著。

代替自己，繼續保持笑容。

一切好像都是那般自然，卻又因為增添了變數而變得不自然。

倘若那一天他沒有出現在她面前，她是不是會任憑自己墮落下去？

不知道，因為這個世界存在太多未知數。

江奕海正式成為見習禮儀師後，他跟在吳靚身邊，和她一同面對往生者的家屬，有法會時就先到靈堂布置場地，接待師父，認識了不同領域的人，還有……傾聽故事。

每個往生者的一生都是故事，或長或短因人而異，故事的內容或許有相似之處，但絕對不會一模一樣。

因為這便是人生，每個人都擁有不同的人生故事。

看著形形色色、不同的人進入靈堂，興許是壽終正寢，但是這種人太少了，能夠在睡夢中離開的人真的很幸福。

無病無痛，就這樣自然而然地離開。

但大部分離開的人不是意外便是敵不過病魔侵擾而離開。

年紀不分大小，待在這裡幾天了，江奕海也看到很多年幼的孩子成為靈堂的主人。

那些來不及長大的孩子，尚未享受長大的快樂，尚未明白大人世界的殘酷，就先一步走了。

光憑靈堂外的牌坊顏色便可知往生者的年紀，分別有白色、藍色、粉色三種顏色。白色為六十歲以下或是六十歲以上但長輩依然健在以及基督徒不分年紀、身分也是使用白色；藍色為六十歲到八十歲以下的男性；粉色為七十歲至八十歲，長輩皆不在者。

江奕海總是在觀察著牌坊的顏色，被吳靚發現後還被念了一頓。

「看著前方就好，別總是東張西望。」

此後，他不再刻意去看牌坊的顏色，而是只看著吳靚。有時候，他不習慣走在吳靚身後，會越過她，走到她面前，接著回過頭嬉皮一笑，「吳靚姐，妳走太慢了啦！」

吳靚無奈地搖頭，「你這個人真的是……」

「吳靚姐，以後我都走在妳前方，妳要記得追上我哦！」

吳靚只是看著總是走在她前方的他，沒有回應。

到不同靈堂巡視狀況後，吳靚和江奕海回到公司準備吃午餐。辦公室內只剩下許家丞及另一名員工，其餘的人都沒有待在位置上。

「家丞哥，席恩姐跟其他人都到哪去了？」

說時遲那時快，方席恩和方旗正好從門口走進來。

方席恩提著沉重的化妝用品，走到自己的位置，將裝滿化妝用品的箱子輕放在桌面，接著長嘆一口氣，「唉——好累，今天的工作太費工了。」

「怎麼了嗎？」江奕海好奇的問。

方席恩逕自轉動手腕，伸展筋骨後，才開口，「來了一個遺體不完整的客人。」

❀　❀　❀

當江奕海聽到方席恩的話，他的臉色瞬間沉了下來，「是嗎……所以席恩姐跟旗叔之所以忙到現在就是因為這個原因嗎？」

方席恩輕點了頭，神情也帶著悲傷，「身為大體化妝師，我們的工作本來就是替往生者上妝，讓祂們能夠帶著好氣色上路。可是，除了替祂們上妝，我們也需要替那些遺體不完整的往生者縫補傷口。」

像是那些斷肢，他們要一針一線補起來，讓家屬盡可能看到完整的遺體，如此一來家屬才能夠放心，而這也是讓往生者開心。

今日他們負責的往生者，是在一場重大車禍受到重傷的死者。

肇事駕駛跟遭撞駕駛在救護車抵達前就已經沒了呼吸、心跳，當時家屬不希望再進行急救，因此立刻送往殯儀館。

因強烈撞擊，遺體有嚴重損傷，甚至是斷肢，因此這個時候他們除了要幫往生者上妝，也要幫祂縫補傷口。

而為了讓家屬瞻仰遺容時能夠看到完整的遺體，他們才能夠安心。

江奕海聽著方席恩講述縫補的過程，在縫補開始前，先向往生者告知他們即將替祂縫補傷口，如此的作用便是讓往生者有個心理準備，讓祂不會過於害怕。

「席恩姐，你們真的好偉大哦！」江奕海讚嘆的說。

方席恩聳聳肩，嘴角帶著淺淺的笑意，不以為然的說：「從事這行的人都很偉大，無論是禮儀師、化妝師、開禮車的司機，只要是在這個領域工作的，都很偉大。」

當初每個人進入這行的理由都不同，但想為往生者服務的心是一樣的。

江奕海專注聆聽方席恩說的一字一句，他的神情不自覺凝重，心裡對此刻和他處在同一個空間的人感到敬佩。

「我、我會努力成為一位稱職的禮儀師的。」

江奕海突然拔高音量，激動的說。

在辦公室內的人全都聽到他說的話，氣氛凝滯，卻又在下一秒盈滿笑聲。

「哈哈——好小子，就看你了！」

「小夥子不錯哦！就是要有這種氣魄，水啦！」

江奕海害臊地垂下頭，搔了搔頭，羞赧到抬不起頭。

此時，他的肩上多了一分重量，他微微仰頭，發現吳靚站在他身後，手的主人是她。

吳靚的嘴角帶著藏不住的笑意，語氣淡然的說：「奕海，我相信你可以的。」

江奕海聽到吳靚對他的肯定，他的臉蛋越發緋紅，可眼底的喜悅卻藏也藏不住。

「嗯！我會努力的，我會成為像吳靚姐一樣的禮儀師！」

聞言，吳靚的笑容微僵，可又馬上恢復正常，但語氣卻帶著些許哀傷，「你可以成為比我更優秀的禮儀師的。」

她一點也不好，所以不要許願成為和她一樣的禮儀師，她根本不值得他學習。

夜晚，吳靚獨自一人坐在客廳看著電視。

她手裡拿著一瓶開罐的啤酒，湊到嘴邊，仰頭啜飲一口。

電視內正播映著國片，是個街頭小混混喜歡上總是板著一張臉的女主的戀愛故事。

看著劇中男主極力追求女主，用盡各種手段，想討女主歡心，而女主卻不停推開他，不想與他有任何互動，甚至當眾將手中的飲料潑向男主，吳靚想著，他為什麼可以這般鍥而不捨呢？

她對愛情沒什麼感覺，而且她也不相信什麼命中注定，即使命中注定又如何？難保兩人能攜手走一輩子，總會有人先從名為「人生」的公車下車，那為何要付出心力去追求一個人呢？

她看了太多生離死別，對愛情幾近淡然，不強求，一切順其自然。

看到最後，男女主角在一起，但男主的身分過於特殊，又在最後，發現他的身體出現狀況，無法與女主攜手走向未來，此時，他選擇推開她，在女主淚流滿面，苦苦哀求的情形下，無情地推開她。

看著看著，她笑了。

這才是人生啊！她才不相信完美的人生，什麼事業、愛情、家庭通通兼具她才不信呢！人生就是充滿變數，前一刻還在床上擁抱彼此，下一刻卻得知血淋淋的真相，知道自己的時間不多，擔心另一半會難過，因此狠心推開她。

可是看到最後，她卻哭了。

男主角的身子日漸消瘦，躺在床上的時間比站著的時間還長，他再也沒辦法騎車載女主到各地旅行，再也沒辦法開口對她說句——我愛妳。

他就像是睡著似的，睡得很沉很沉，沒有人能夠叫醒他，也沒有人想要打擾他睡眠。

環繞在病房內的聲響，劃破寧靜的夜晚——

星辰殞落。

吳靚將臉埋進抱枕放聲哭泣。

她難過的是女主的堅強，難過的是女主在經歷親人離世，此刻戀人也離開她身邊，她到底為什麼能夠如此冷靜的面對這一切？

因為她早已心理準備嗎？

倘若有一天她也有那麼一天，她能夠做到嗎？

吳靚不知道，因為她總覺得沒有人會弔念她，沒有人會因為她的離開而難過……

今日是韻芝阿姨的頭七。

頭七法會從下午三點半開始進行，而家屬一早就坐在靈堂外摺蓮花、元寶。

看到吳靚和江奕海走來，宏哲叔叔率先起身，走上前，「小靚，今天也麻煩妳了。」

吳靚莞爾，平靜的說：「不麻煩的，這是我應盡的責任。」

此時，韻芝阿姨的三個女兒也走向前，大女兒妘芳伸手拉過她的手，輕輕拍撫她的手背，感激說道：「小靚，替媽媽安排這些的人是妳真是太好了。」

聞言，吳靚不禁鼻酸。可她忍住了，她告訴自己不能落淚，她不能輕易落淚。

她也輕拍妘芳的手，嘴角揚起一抹微笑，「妘芳姐，我也很感謝你們願意讓我送韻芝阿姨一程。韻芝阿姨對我的好，我永遠記在心上。」

妘芳緩緩垂下頭，顫抖著身軀，哽咽的說：「小、小靚，我媽現在……現在終於解脫了，對吧？」

吳靚點了點頭，開口，「韻芝阿姨她可以好好休息了。」

韻芝阿姨的三個女兒擁抱在一塊哭泣，其他坐在位置上的家屬也別過臉，暗自落淚，宏哲叔叔也紅了眼眶，低著頭，身軀不停顫抖。

吳靚的視線望向靈堂內韻芝阿姨的照片，「韻芝阿姨，不知道我有沒有機會再和妳說說話呢？」

❀ ❀ ❀

頭七，一般指的是人去世後的第六天晚上到第七天早晨。一般認為死者會在頭七這一天返家，所以要準備一頓飯，之後要迴避，因為擔心死者看到會有牽掛，因此能盡快就寢是最好的，若死者看到產生牽掛，可能會影響他投胎轉世。

韻芝阿姨的頭七法會，由三位師父進行儀式。

因為韻芝阿姨的喪儀是以佛教的形式進行，因此她的三個女兒都套上白色服飾，也穿上白鞋，其他家屬也穿著素色服飾。

吳靚站在後方，看著法會進行，她一直站著，就這樣直到法會中途休息，她走上前遞了水給家屬。

江奕海也將水從紙箱內取出，分發給其他家屬。

等到家屬都拿到水之後，江奕海又退回原地，卻被吳靚喚了過去。

他走向正與師父聊天的吳靚，「三位師父好。」他禮貌性的向三位師父問好。

師父們雙手合十，微微欠身，「這位便是吳小姐口中的見習禮儀師吧。」其中一位男師父開口。

「我是江奕海。」江奕海主動介紹自己。

男師父打量著他，將他全身上下都看了一遍後，微微皺眉，「江先生近期有遇到什麼不如意的事嗎？瞧你身上帶著晦氣，需不需要等等我幫你化解一下？」

江奕海面不改色，依然帶著淺淺的笑意，「那我就先謝謝師父了。」

「不會。既然有緣能相遇，這一點小忙不算什麼。」師父客氣的說。

吳靚瞟了江奕海一眼，看他面對事情總是如此正向，好似沒有負面情緒一般，就連師父說他身上帶著晦氣他好像也不緊張，整個人看起來很平靜，難道他都不會擔心嗎？

等到師父們去休息後，吳靚和江奕海站在一塊，她趁機開口問道：「奕海，你最近遇到什麼事情嗎？」

「誒？怎麼會這麼問？難道是因為剛才師父說我身上帶晦氣嗎？」江奕海驚訝的問。

「不是……但就是擔心你出了什麼事，畢竟師父看得很準，所以我在想你是不是有遇到什麼不好的事情。」吳靚覺得自己越是解釋好像事情越發複雜，她搔了搔頭，苦惱地嘆口氣。

江奕海看吳靚為了自己的事情如此苦惱，他心裡有股悸動，卻不敢表現出來，於是他低下頭，想要掩飾自己勾起的嘴角。

然而，吳靚一看他垂下頭，誤以為是她說錯話，他才會有如此反應，她著急的想要安撫他的情緒，「誒，我、我說錯話了嗎？還是說我有哪裡做錯了？」

江奕海第一次看到如此慌張的吳靚，他擔心吳靚繼續胡思亂想，他急忙說：「吳靚姐，妳沒說錯話，妳沒做錯任何事！」

「真的？」吳靚抿著下唇，睜大眼睛看著他。

江奕海也不知道吳靚會有這麼大的反應，若早知如此，他也不敢掩飾自己羞赧的神情了，「真的。吳靚姐，妳別著急，我真的沒事。」

聽他這麼說，吳靚才鬆一口氣。她拍拍胸脯，緩和情緒後，開口，「既然沒事的話你就別苦著一張臉，你笑起來比較好看。」

「咦？」江奕海眨眨眼睛，不敢置信的看著吳靚。

吳靚的臉上染上淡淡的緋紅，她別過臉，弱弱的說：「你哭喪著臉的模樣真的很醜，所以你要多笑一點，知道嗎？」

江奕海正打算回應她，這時師父卻說法會將繼續進行，讓家屬趕緊歸位，吳靚也被師父呼喚，先一步離開他身邊，聽不到他尚未說出口的話。

「吳靚姐，我也希望妳一直保持笑容。」

「妳笑起來一定也很好看。」

將近三小時的法會結束，家屬拖著疲憊著身軀準備離開靈堂返家。

師父們收拾好東西，也先行離去，留下吳靚和江奕海將場地恢復原狀。

等收拾完畢，吳靚讓江奕海先回公司，她晚一點會自己回去。
「吳靚姐，還是我在外面等妳吧。我不放心妳一個人走夜路。」江奕海說。
「好吧。那你先到附近繞繞，等我好了再叫你。」知道江奕海是個執著的人，就算她讓他先回去，他也不會乖乖聽話，所以吳靚只好先讓他到其他地方去，免得在外等候枯燥乏味。
江奕海沒有反對，微微頷首後，便走向停在外頭的機車，跨上機車，發動車子，揚長而去。
吳靚目視他離開後，關上靈堂的門，拉了兩張椅子，坐在靈堂前，看著韻芝阿姨的照片。接著又將臉轉向一旁，淡然說道：「韻芝阿姨，妳回來啦。」嘴角微微勾起，朝著空無一人的方向笑了笑。
緊接著，擱置在旁的椅子自己動了起來，而椅子上的人影也越來越清晰，從一開始的半透明，逐漸變得清楚可見。
韻芝阿姨就這樣出現在吳靚身邊的椅子，她彎下腰，捧著臉龐，身子不停顫抖。
吳靚伸出手，儘管她碰觸不到韻芝阿姨，她依然做出拍撫的動作，口氣也十分溫柔，「阿姨，妳還是放心不下，是嗎？」
她以為韻芝阿姨已然放下這個世界的一切，所以在頭七這一天選擇默默看著家人，不願現身，但在家人準備離去時，她現身了，也被吳靚捕捉到她的身影，因此吳靚才選擇在家屬離開後留下來與韻芝阿姨聊聊。

韻芝阿姨哭得聲嘶力竭，吳靚只是靜靜地在一旁陪伴著她，沒有出聲。

倘若問她，擁有陰陽眼是好事還是壞事，這個問題肯定沒有標準答案。

若是在以前，擁有這項能力，對她來說是件壞事。她總是無法克制自己的好奇心而多看幾眼，但與那些鬼魂對上眼，便會讓祂們發現自己看得見祂們，於是便會被糾纏，或是被惡作劇。

父母說她擁有陰陽眼是神明賦予她的特殊能力，但是那個時候的她卻很痛恨這個能力，因為這項能力，害她遭遇了許多痛苦的事情⋯⋯

可是當她踏入這個領域，她對這項能力的想法稍稍改觀。能看見鬼魂的好處在於，她可以更加明白這個世界的殘酷。

不過，此刻能看見韻芝阿姨，能夠陪在她身邊，吳靚覺得，自己是幸運的。

❀　❀　❀

「韻芝阿姨，妳放不下妘芳姐姐他們嗎？」吳靚問。

韻芝阿姨抬起頭，看向吳靚，「我都以這種方式結束自己的生命，我哪會放不下呢？」她苦澀一笑。

吳靚也是苦笑了笑，語氣中盡是無奈，「阿姨，那妳有後悔嗎？妳後悔以這種方式結束一生嗎？」

「我不知道……我真的不知道。」韻芝阿姨抱著頭，神情痛苦的模樣被吳靚盡收眼底。

吳靚猶豫片刻，仍選擇將心底的話說出口，「韻芝阿姨，老實說，我覺得妳很了不起。」

「為什麼？」韻芝阿姨原先的痛苦神情被訝異所取代。

聽到她燒炭自殺，多半不都是覺得她很傻嗎？為什麼會覺得她很了不起？

她不懂。

吳靚低下頭，交握的手微微顫抖，「時間過得很快，沒有聯絡的這幾年，在我身上也發生很多事情，有喜有悲，但悲的部分占多數。經歷那麼多事情，我也想過一了百了，但我始終沒有勇氣自我了斷，所以我覺得妳很了不起便是這個原因。」

韻芝阿姨一臉不敢置信地看著她，語氣裡是藏不住的激昂，「妳還這麼年輕，妳幹嘛要想不開呢？小靚，妳還有大好人生，妳應該要好好把握啊！」

「那韻芝阿姨也應該要好好把握人生，妳現在說這種話，真的很難說服我呢。」吳靚老實說道。

韻芝阿姨的臉色一僵，尷尬地扯了扯嘴角，「說、說的也是。」

吳靚不再看著韻芝阿姨，而是望著照片，看著看著，嘴角不自覺上揚，「……韻芝阿姨，妳還記得拍這張照片是什麼時候嗎？」

韻芝阿姨的眼神也注視著自己的照片，她沉思半晌，才開口：「應該是今年年初吧。」

「那個時候是為什麼拍這張照片呢？」

這一回韻芝阿姨沒有多想，立即回答，「那是我今年生日的時候妘杏幫我拍的。」

妘杏是韻芝阿姨的小女兒，她的工作正是攝影師。

韻芝阿姨告訴吳靚，當時妘杏剛在攝影比賽中得獎，得知這件事，不僅是妘杏本人高興，其他家人也為她感到興奮不已。

那時鄰近韻芝阿姨的生日，於是她們決定請韻芝阿姨吃大餐，然後由妘杏幫她拍照作紀念。

韻芝阿姨說著過往回憶時，表情是那麼開心，可是，那都已經成為過往，因為她已經離開這個世界了。

她不該對這個世界還有掛念，因為這是她做出的極端選擇。

「韻芝阿姨，對於妳的離開，我心裡固然不捨，我想愛著妳的人都一樣感到不捨，不過，既然妳已經無法以人類的身分陪著他們，妳就安心在天上守護他們吧。」

韻芝阿姨沒有反對吳靚說的話，她心裡也很明白，此刻，她也只能遠遠看著她的家人，只能在遠方守護著他們。

吳靚只是安靜的坐著，直到身旁的韻芝阿姨隱沒在黑暗中後，她才起身，收拾椅子，推開靈堂的門，從口袋內掏出手機，準備打電話給江奕海時，她赫然發現，他已經在外頭等候著她。

「吳靚姐。」江奕海輕喚一聲。

吳靚走向他，看到機車踏板前方掛著一袋東西，「那是什麼？」她用手指著塑膠袋。

江奕海「哦」了一聲，從塑膠袋內拿出一罐啤酒，舉在吳靚眼前晃了晃，「不知道我有沒有這個榮幸跟吳靚姐一起喝酒？」

吳靚看著他手上的啤酒，輕輕一笑，「嗯，走吧。」

江奕海騎車載著吳靚來到堤防邊的涼亭，他將手上裝著啤酒的塑膠袋擺在桌面，並從裡頭取出一罐，遞給吳靚。

吳靚接過啤酒，立刻撬開瓶蓋，仰頭喝了一口。

江奕海的視線從她身上挪開，拿著啤酒坐到吳靚身邊，卻也保持一段距離，「吳靚姐，妳剛剛是在跟韻芝阿姨說話嗎？妳看到她了嗎？」

吳靚的眼眸變得幽深，她也不打算說謊，淡淡的說：「嗯，我見到她了。剛剛跟她聊了一會兒，最後她離開了，我才離開靈堂。」

「其實，我原本以為韻芝阿姨對這個世界沒有任何牽掛，畢竟她之前都沒有現身，是直到頭七這一天才出現。但，跟她聊過後，她其實放不下她的家人，但一切都已經遲了。」

江奕海沒有立即接話，而是仰頭喝了一口啤酒，將手裡的啤酒擺置在桌面，眼神眺望著遠方，悠悠說道：「如果對這個世界沒有牽掛的話，那應該是沒有感情的人吧。」他頓了一下，「只要對這個世界還有依戀，就會捨不得離開。」

「那你對這個世界的依戀是什麼？」

吳靚也不知道自己為什麼想這麼問，但她就是想知道，這個表面看來樂觀、開朗的男人，究竟會被什麼東西束縛。

分明他的人生歷練不多，為什麼他說出口的話總是會讓人誤以為他人生歷練豐富？還是說是她的錯覺？

江奕海先是莞爾，接著雲淡風輕地說：「如果我說，妳是我對這個世界的依戀，妳信嗎？」

「不信。」吳靚毫不猶豫的回答。

「哈哈哈——」江奕海仰頭大笑，這個回答在他的預料之中，「吳靚姐，妳真的很果斷呢！妳都不怕拒絕我會讓我受傷嗎？」

聞言，吳靚不禁蹙眉，「你看起來並沒有受到打擊。而且，我才不相信我在你的人生中有這麼高的地位，畢竟我們才認識沒多久。」

「妳沒想過我對妳是一見鍾情嗎？」

吳靚搖頭，淡然回答，「我本來就不憧憬什麼夢幻的愛情故事，我更不相信你對我是一見鍾情，因為，我並沒有什麼地方值得你喜歡。」

然而，江奕海卻是激動的握住吳靚的手，他直盯著吳靚，「別貶低自己的存在，吳靚姐很好的，妳是我見過最好、最美的女人！」

這一次，吳靚無法再冷靜應對了。

她的瞳孔不自覺放大，與江奕海相視，內心躁動不已，像是渲染了他的情緒，她嚥了口唾沫，感到口乾舌燥。

「……你喜歡我嗎？」吳靚問。

江奕海先是一愣，他的停頓看在吳靚眼裡，彷彿有根刺刺進自己的心臟。很痛。

接著，他鬆開她的手，與她拉開距離，將臉別向一邊，低語：「我喜歡妳，真的很喜歡妳……但，我知道自己沒有資格。」

吳靚沒有問他為什麼，因為連她也不知道為什麼自己的心會隱隱作痛。

❀ ❀ ❀

知道江奕海對自己的心意，或多或少影響吳靚的思緒，但，她並沒有放在心上太久，因為她知道自己不會接受他的感情。

他值得更好的人。

從堤防邊離開，黃湯下肚，吳靚微醺，但還能自己走動，不需要江奕海攙扶。

至於江奕海，他面不改色的走在吳靚前方，因為吳靚不希望他走在後方，希望他一直走在她前方。

吳靚看著他的背影，他的身形看起來就是有在運動，肌肉線條清晰可見，然而，她卻覺得擁有如此精壯身形的他，藏著的祕密不比她少。

一樣是由他騎車載她回公司。他騎得很慢，時間彷彿為了他們減緩走動的速度，四周猶如停滯一般，卻在一個急煞，吳靚的身子向前貼上江奕海的後背，她瞬間酒醒。

她皺著眉，揉了揉發疼的鼻梁，江奕海也轉頭關心她，「吳靚姐，妳有沒有受傷？還好嗎？」

吳靚搖了搖頭，語氣平淡的說：「沒事，只是撞到鼻子而已，沒事的。」

「抱歉。」江奕海的語氣滿是歉意。

「都說我沒事了。」吳靚無奈地嘆口氣。

江奕海總是給她一種大驚小怪的感覺，她也只是撞到鼻子，沒有受傷，可他的反應卻像是她受了什麼重傷，情況分明沒有那麼嚴重。

江奕海先是一楞，接著眉頭微皺，「吳靚姐妳生氣了嗎？」

「沒有。」吳靚感到哭笑不得。

「可是……」

「沒有可是，因為沒有就是沒有。」

她總覺得他們倆之間陷入鬼打牆的對話，所以她打斷江奕海的話，阻止他繼續胡思亂想。

她拍拍他的肩膀，柔和的說：「好了，既然都沒事，那我們趕緊回公司吧。時間也不早，我想休息了。」

江奕海沒有說話，逕自點頭，接著發動機車，車子再度行駛在道路上。

等到兩人回到公司，公司裡只剩下值班的兩名警衛，其餘的人都已經離開。吳靚走到位置上，將要帶回家的東西收拾完畢，緊接著，她的目光瞥向江奕海的方向，看到他已經準備就緒，隨時可以離開。

她拎著包包，跟江奕海一同離開公司。

離開公司後，吳靚打算走路回去，反正她的住處離公司不遠，走路的話大約十分鐘便會抵達，但是她並不知道江奕海住家的方向，「奕海，你家往哪裡去？離這裡很遠嗎？」

江奕海笑著搖搖頭，「雖然有段路，但不算遠，我可以自己回去。」他指著與吳靚家反方向的位置。

吳靚微微頷首，「那你回去要小心，然後早點休息。」她叮嚀完畢，便轉身，往住家的方向走去。

她離開後，江奕海仍站在原地沒有挪動步伐。

他凝視著吳靚的背影，看著她的身影漸行漸遠，他竟是跨坐上機車，發動車子，往吳靚的方向騎去。

「吳靚姐——」

吳靚聽到呼喚回過頭，看到江奕海騎著機車跟在後方，她不禁蹙眉，「你的家不是在反方向嗎？」

「我載妳回去吧，女孩子晚上獨自一人不安全。」江奕海的態度十分堅決。

吳靚本想拒絕的，但看到他的眼神後，她選擇放棄，從他手上接過安全帽，戴妥安全帽，坐上機車，機車平穩地騎在路上。

「你幹嘛多管閒事？這麼晚不回家你家人不會擔心嗎？」吳靚問。

現在都快十一點了，好像也沒有看到他聯繫家人，那他的家人應該會擔心他，除非……除非他沒有跟家人住在一起，或者，他跟家人很少聯絡。

「我擔心吳靚姐嘛。」江奕海一派輕鬆地說。

聞言，吳靚的內心好似有一股暖流流經，但那一瞬即逝的感受並沒有影響她的思緒太久。

「很謝謝你。但，你還是以你的家人為優先考量，我對你來說，畢竟只是個外人。」

江奕海沒有回話，吳靚也不知道還能說什麼，於是對話就莫名其妙中斷，直到吳靚抵達家門口，揮手與他道別後，她才意識到一件事——

她並沒有告訴他她住家的位置，他怎麼會知道？

凌晨時分，吳靚被手機鈴聲吵醒。

她的手在一旁的桌子摸了許久，好不容易摸到自己的手機，她拿到面前，又因為螢幕光線過於刺眼而閉上眼。

瞇著眼睛，找到接聽鍵位置，她以指腹滑動畫面，「喂？請問有什麼事嗎？」

其實她或多或少明白這通電話的意義，畢竟，會在這種時間打電話來的不多。

「吳小姐，我是阿德。」

聞言，吳靚的睡意全消。她坐起身子，面色也變得嚴肅，「什麼樣的客人？」

這位阿德是他們公司負責接體的員工，通常若是有客人上門，阿德會詢問吳靚的意見，一旦吳靚點頭，這位客人便歸他們公司的，然而吳靚也可以選擇推掉，但通常那種情況很少，除非過於棘手，否則他們大部分都會接。

可是，當吳靚詢問阿德這次是什麼樣的客人時，阿德竟沉默許久，這讓吳靚意識到這位客人的特殊性。

「你直說吧。」吳靚已經有心理準備，這次的客人來頭肯定不簡單。

阿德不再猶豫，開口道：「跳樓自殺，不過往生者的身分特殊，所以……」

「身分特殊是多特殊？」吳靚催促著阿德趕緊說出口。

「他過去曾經坐過牢，然後……還殺了人。」

聞言，吳靚的反應很平靜，這種客人他們不是沒接過，但是依阿德的反應，可能這位往生者的來頭不只如此。

「……柯孟群，妳聽過吧。就是前年新聞媒體報很大的那個殺人兇手啊！」

阿德一提到「柯孟群」吳靚就有印象了。

當年柯孟群犯下的案子真的造成很大的轟動，那個時候社會上人心惶惶，深怕有第二個柯孟群出現。

柯孟群，在兩年前犯下街頭隨機殺人案件，不分大人、小孩隨機殺人，當時有兩名大人以及一名小孩傷重不治，也有多名路人受到波及受傷。

那起案件最後在二審時被法官判處無罪釋放，終生褫奪公權。家屬也向法院聲請監護宣告，至此柯孟群就不再出現在大眾面前。

但是對於他被以無罪釋放這件事，不僅讓受害者家屬十分不滿，也引起大眾很大的迴響。

畢竟他奪走的是三條人命，其中又有個不到十歲的孩子，因此許多人走上街頭抗議，家屬也表示會繼續上訴，絕對要讓柯孟群得到應有的教訓！

第三章　殺人兇手

「你為什麼可以好好活著？為什麼你殺了人卻可以活著？」

「你這個殺人犯，你殺了人就應該以死抵償你的罪行，為什麼你可以活著！」

最終，他如外界所願，自我了解生命——

可是，即使他死了，那些咒罵聲仍未曾消停……

那天晚上，阿德告訴吳靚有個新客人，在告訴她對方的身分後，他又告訴吳靚，柯孟群已經被多家禮儀社拒絕，因為他的身分，他過去做的事他們都不能接受，甚至厭惡他，認為不應該幫他辦一場喪禮，只要敷衍了事即可。

阿德說：「吳小姐，如果妳不想接的話也可以拒絕沒關係。決定權在妳手上，因為妳是……」

「我接。」吳靚想也沒想便答應接下這個案子。

對於她如此堅決的態度，反倒是阿德感到訝異，「吳小姐真的要接嗎？」

吳靚下了床，走到窗邊，打開窗戶，一陣涼風吹拂她的臉龐，吹亂她的長髮。

她眺望不遠處殯儀館的位置，不疾不徐地說：「嗯，我要接。」

就算是殺人兇手又如何？只要她能夠幫上他的忙，她就會盡她應盡的責任，好好送他一程。

晨光灑落，鬧鐘打破寧靜，提醒吳靚該面對今日的工作了。

她看了一眼手機，發現有一則訊息，她將之點開，看到內容寫著「已送入冰櫃」五個字。訊息是阿德傳來的，至於被送進冰櫃的人理所當然是凌晨電話中提及的柯孟群。

她放下手機，走到浴室梳洗。

十五分鐘後，她已經準備好要出門，卻看到手機突然跳出一則訊息，是江奕海傳的。

「吳靚姐，我現在在妳家外頭。」

看完訊息，吳靚不禁蹙眉，「他到底在想什麼？」

江奕海怎麼會一早就到她家外頭？難道是為了載她？

想這麼多也沒用，她拎著包包，走出家門，赫然發現江奕海確實在她家大門口等候。

「吳靚姐。」江奕海一看到吳靚，立即向她熱情地打招呼。

吳靚雙手抱胸前，一臉疑惑地看著他，「你怎麼會來？」

現在七點半，他家又在反方向，他要多早起床準備才會在這個時間點來到這裡啊？

他到底為什麼這麼對她？她真的不知道他在想什麼。

江奕海聽吳靚這麼問，神色倒是淡然，「我想說吳靚姐沒有交通工具，肯定也是用走的去公司，所以想說早一點來妳家，載妳一起去公司。」

「你不怕被誤會嗎？畢竟單身男女一起去上班，你不怕誤會？」吳靚問。

江奕海偏著頭，毫不猶豫地說：「不會啊！因為大家都知道我喜歡妳。」

這句話猶如當頭棒喝，一下子便把吳靚的睡意全然打散。

她的語氣不自覺上揚，激動地抓住他的手臂，「你說大家都知道？你告訴他們的？」

「沒有啊，但是我表現得還不明顯嗎？」

吳靚一手扶額，無奈地說：「但也不表示全部人都知道吧。」

「那我等等到公司就直接跟大家說好了。」

「不要！」吳靚咬著下唇瞪著江奕海，「你如果還想繼續跟在我身邊學習的話，你最好乖乖聽我的話，別亂來。」

江奕海爽朗一笑，抬起右手，指尖對齊眉梢，向吳靚行舉手禮，「遵命！我會乖乖聽吳靚姐的話！」

看到他如此浮誇的應答方式，吳靚是急忙拉下他的手，環視四周，確認附近沒有其他人後才鬆口氣，「你下次不要再這樣了，會被人看到的。」

倘若被鄰居看到一個男人朝著女人行禮，他們會怎麼想她真的不知道⋯⋯

她覺得跟江奕海相處心很累，因為她根本料想不到他會做出什麼事，感覺他什麼都做得出來，這種人最恐怖了。

兩人抵達公司時，公司內的員工已經來得差不多。

為了避免被誤會，由吳靚先進入公司，江奕海則在間隔一段距離後才踏入公司。

沒有人發現異常，沒有人看向他們，這讓吳靚很放心，一如往常的走到自己的位置，放下手上的包包，對公司內的員工說道：「今天凌晨有新的客人送進冰櫃，跟家屬約好等等十點在停柩室見面，這個案子一樣由我跟江奕海一同執行，跟家屬談好喪儀後，會再做後續工作的安排。」

語畢，便有人開始發問。

「老闆，這次的客人是什麼來頭啊？」

「吳靚，妳這樣身體負荷得了嗎？妳手上不是還有兩個案子，這個就交給別人處理吧。」

吳靚瞥向許家丞，他方才那一席話是對她的關心，她由衷感謝他，但，她之所以會擔下新案件，就是為了避免等會兒可能出現的局面——

「死者柯孟群，昨天夜裡從自家陽台跳樓自殺。」

只見眾人在聽到那個名字後，都是倒抽一口氣。

有的人臉色開始轉變，不再從容，而是多了慌張、不敢置信。

「老、老闆，妳竟然接下這個案子？妳沒聽說過這個人嗎？」

「對啊！老闆，現在趕緊推掉應該還可以，我們不要接這個案子啦！會出事的！」

員工們的反應都在吳靚的預料中，她本就知道他們聽到「柯孟群」的名字會反對接下這個案子。

但，一旦她接下案子，她就不會中途推掉。

「若是出事了我會負責。畢竟是我選擇接下這個案子，到時候你們可以把責任都推到我身上我也不會有怨言。」吳靚一臉淡定，與其他人震驚的面容形成極大對比。

方席恩抿著下唇望向一旁的父親。只見方旗神色淡然，不疾不徐地說：「既然是小靚的意思，我不會有任何意見。」

「爸？」方席恩不解地看著他，「那個人是柯孟群耶！是前年犯下隨機殺人案的犯人，當年他被無罪釋放時不是就造成社會譁然，如果現在他自殺的事情又報出來，然後由我們負責他的喪儀，那我們不是也會被社會關注嗎？」

會有大批媒體追問他們為什麼要負責殺人犯的喪儀，網路上肯定也會有無數網友發文批評，他們公司會被捲入風波的，那為什麼吳靚跟自己的父親都沒有意見呢？

他們不怕嗎？不怕公司會出事？

「就算他過去是殺人犯，但是他現在已經是一具冰冷的屍體了，難道人都已經死了，我們還要指責他過去的不是嗎？」

這句話是吳靚說的。

她不光是對方席恩說，而是對著公司在場員工。

柯孟群都已經死了，活著的我們還要再利用言語殺他一次嗎？

辦公室內的氛圍悄悄改變，大多數人的臉色都很僵硬，尤其剛才有發言的人更是如此。

他們這才明白，自己方才的行徑，與那些拒絕接收柯孟群的禮儀公司是一樣的。

送到他們這邊的都已經是亡者，他們不該去計較亡者生前的所作所為，因為一旦來到他們手上，都是客人。

❀　❀　❀

再也沒有人有任何意見，但並不代表所有人的想法都是一樣的。

有的人表面上接受了，但若真發生什麼事，他已經設想好如何躲避風頭的方式；而有的人則是打從心底接受吳靚的決定，已經做好心理準備，與她一同面對之後的風雨。

人人各懷鬼胎，每個人都有不同的想法。

這就是人類，人類總是優先保護自己及自己心愛的人。

擁有陰陽眼的好處之一便是讓她比別人更了解這個世界的黑暗，也讓她認識另一個世界的光明。

事情宣布完畢，吳靚坐到椅子上，正準備整理資料，等會兒拿到停柩室跟柯孟群的家屬說明時，她的手機螢幕亮起，她看了一眼，看到是吳若珣傳的。

「我今天出院，妳以後不用來找我了。」

看起來就是要跟她撇清關係的句子，吳靚看了，心狠狠揪了一下。

她是這麼努力地想要修補兩人之間的關係，但他卻是豎立起高牆，連一絲機會也不肯給她。

好不容易有機會能夠照顧他，卻又急著撇清關係，好似不願再與她有任何糾葛，這讓她心寒，心痛欲裂的感受令她喘不過氣。

她按著胸口，彎下腰，將頭埋在桌底。

她慶幸身旁的同事今日請假不會進公司，因為這樣就不會有人注意到她此刻的模樣。

不會有人看見她的另一面……

十點十五分，吳靚和江奕海從公司離開來到殯儀館的停柩室。

依照資料來到某個樓層的停柩間，裡頭站著一個身穿黑衣的男人，聽到動靜，他轉過頭，和吳靚他們對上眼。

吳靚向他微微欠身，接著開口道：「您是柯孟群先生的家屬對吧？」

男人走上前，微微頷首，「是的，我是他的哥哥。」

站在吳靚身後的江奕海對於男人的身分感到訝異，倒是吳靚，她顯得從容不迫，伸出手，平淡的說：「您好，我是采靈禮儀公司的老闆吳靚。接下來會由我跟您說明喪儀的流程，請問您對喪儀的安排有任何想法嗎？」

「一切從簡就好，我希望盡快結束喪儀，不想拖太久。」男人語調平淡，但是臉色卻很僵硬。

吳靚頷首，「我明白了，那我會幫您看看今日是否有空靈堂能夠進駐，至於喪儀的部分，最簡陋的方式也需要三天的時間，所以請家屬或是前來上香的好友在這三天內……」

「不會再有人來的……只有我一人幫我弟弟處理這些，所以什麼儀式都可以取消沒關係。只有我……想送他最後一程。」男人的語氣難掩哀傷，他的臉色沉了下來，頭也越垂越低。

吳靚看著男人，眼底沒有任何情緒，連一絲同情也沒有，「我明白了，我會幫您安排妥當，有任何問題您可以聯繫我，我也會將喪儀的一些注意事項傳給您。」她朝男人遞上一張名片，上頭有她的聯絡資訊。

男人伸手接過，掃了一眼名片上的資訊，便把它收進口袋。接著，他往後退一步，向吳靚深深一鞠躬，「謝謝妳願意幫助我弟弟辦喪禮，真的很感謝妳！」

男人的話語中沒有半點虛假，字字真誠，是發自內心深處的感謝。

吳靚將手放在男人肩上，柔聲說：「這是我應盡的責任。最辛苦的人是你。」

男人的身子抖動了一下，緊接著身軀開始瑟瑟發抖，他雙腿一軟，癱坐在地，抱頭痛哭。

吳靚沒有制止他哭泣，儘管男人的音量逐漸提升，她也不打算阻止他。

痛痛快快的哭一場，宣洩壓抑許久的情緒，是男人目前最需要的。

吳靚和江奕海先退出停柩間，給男人獨處的時間。

「吳靚姐，我先去問問看有沒有空靈堂。」江奕海說。

「嗯，麻煩你了。」

得到吳靚允許，江奕海先行離開，留下吳靚一人站在停柩間外。

吳靚的眼角餘光瞥進停柩間，看到坐在地上抱頭痛哭的男人，以及站在他後方，低垂著頭，看不出任何情緒的男人。

站在後方的男人，他的左腦嚴重凹陷，甚至有液體不停滴落地面。血色，又混雜了不知是什麼的黏液。

吳靚光看他的模樣便知道他是誰。

柯孟群。

聽說當時他跳樓自殺，腦部先墜地，頭腦受損嚴重，腦漿四溢，血液任意噴濺，當時接體人員去到現場接體時，除了將屍體裝進屍袋之外，也盡可能的將噴濺而出的腦部組織收集起來，儘量維持屍體的完整。

大多數人都無法承受如此衝擊的畫面，然而吳靚卻對柯孟群此刻的樣貌感到不以為然。更恐怖、噁心的她都見過了，也已經習慣。

若是她無法克服，她也不用混這一行了。

她看著柯孟群蹲下身，從後方抱住自己的哥哥，接著，她聽到滴答滴答的聲音。

外頭是晴朗的好天氣，那一聲聲猶如雨滴落在地面的聲音，其實是柯孟群眼落低落在地的聲響。

這時江奕海回來了，他告訴吳靚，今天就可以安排柯孟群進駐靈堂，今日正好有人送出去，所以有空位。

吳靚表示自己明白了，但是她不急著走入停柩間，而是等到癱坐在地的男人緩緩起身，她才走進去。

男人聽到腳步聲，抬頭望向吳靚，「吳小姐，請問靈堂的部分……」

「幫您確認過了，今天就可以入靈堂，所以等會會有專人來為您服務，請您先在此等候。」

吳靚給江奕海一個眼神，他立刻理解她的意思，「我這就去辦理手續。」

江奕海又再次離開停柩間，吳靚趁機跟男人解說喪儀流程。

即使只有三天的喪儀，也是有許多事情需要注意，吳靚需要跟男人說明清楚。

等到一切說明完畢，江奕海也帶著師父來到停柩間，吳靚和江奕海看著柯孟群的哥哥在師父的指示下進行儀式，江奕海湊到吳靚耳邊，低語，「吳靚姐，妳辛苦了。」

❀　❀　❀

這個世界上比她辛苦的人更多，她不認為她有資格被別人說「辛苦了」三個字。

但，當他這麼對她說時，一股苦澀感湧現，她竟感到鼻酸。

原來，她值得承受這三個字嗎？

她現在的所作所為不過是因為……

這是對她的懲罰。

柯孟群的牌位進駐到靈堂，柯孟群的哥哥柯孟儒在儀式結束後並沒有多作逗留，而是轉身離去。

吳靚站在靈堂外，一旁的靈堂起碼都有一位家屬坐在外頭，唯獨這間，冷冷清清，僅有念佛機的聲音陪伴柯孟群。

「吳靚姐，妳能夠做出跟別人不同的決定，真的很厲害呢！」站在吳靚身旁的江奕海敬佩的說。

「之所以能夠做出這個決定，其實也是想要尊重柯孟群這個人。」吳靚一如往常的平靜，沒有多餘的情緒。

柯孟群在外人眼裡，或許只是個殺人兇手。他犯下的案子不會因為他的死亡而消失，那些慘死他刀下的人，也不會因此復活，但，難道就不能因為他的死而放過他嗎？

「奕海，你要記得，我們的工作便是服務亡者，讓他們在人生最後一段路走得安心。無論身分，我們都應該秉持尊重、嚴肅的態度。」

她知道想要改變世人對柯孟群的想法難如登天，但她可以從他身邊的人下手，願他們能少一點成見，因為曾經的殺人兇手，已然成為一具冰冷遺體。

江奕海明白吳靚說的，他從一開始便明白吳靚是個怎麼樣的人，會想待在她身邊學習，這也是原因之一。

「吳靚姐，看到至少還有人肯幫他處理後事，老實說，我感觸挺深的。」江奕海說。

吳靚沒有接話，而是等著他繼續說下去。

「若不是有個人幫他辦理喪儀，或許他就會參加聯合公祭吧。這陣子在殯儀館內走動，也多少了解聯合公祭的細節，我還是覺得，單獨辦理喪儀是最好且最幸福的事。」

但並不是每個人都有錢可以辦場喪事。沒有錢的，或是那些沒有家人的亡者，被送到殯儀館後，祂們的命運便只有聯合公祭，和其他與祂們擁有共同遭遇的人一起進行法會。

聽完江奕海的話，吳靚只是冷笑了笑，「奕海，你有跟你的家人討論過希望以怎麼樣的方式辦喪禮嗎？」

「沒有。」江奕海搖了搖頭。

「我也沒有，因為我知道即使我走了，也不會有人幫我處理後事。」

聞言，江奕海不禁皺眉，疑惑的問，「為什麼？吳靚姐為什麼要想得那麼悲觀呢？妳不是還有弟弟嗎？妳弟弟他應該會幫妳處理才對啊！」

吳靚垂下眼瞼，面無表情的說：「沒有人會幫我的，因為他不把我當作姐姐，對他來說，我是害死父母的兇手……」語畢，她將臉別向一旁，低語：「抱歉，我去一下廁所。」

她快速離開江奕海身邊，留下看著她匆匆離去的背影的江奕海。

來到廁所的吳靚，雙手撐在洗手台，看著鏡中的自己，她苦澀一笑，「我為什麼要逃呢？」

剛才，她暗地裡覺得不能再跟江奕海待在一起。她害怕他會發現最脆弱的自己，她不想讓他發覺異狀，因此她才會藉機找個理由逃離他身邊。

是啊，在她人生盡頭，絕對不會有人來為她送最後一程的。

吳若珣對她恨之入骨，儘管之前在醫院他並未表現出什麼，但，他先前的那則訊息很明顯就是想與她切割關係。

他不想認她這個姐姐了，她變成孤零零的一個人了。

傍晚，吳靚讓江奕海到韻芝阿姨的靈堂那邊查看狀況，而她則獨自一人到柯孟群的靈堂巡視。

江奕海沒有意見，停好機車，兩人分別行動。

此時已經下午五點，許多家屬都開始收拾東西準備離開，但也有人從早到晚都坐在靈堂外摺著蓮花，傍晚的來臨不影響他手上的動作，只是一直摺，一直摺。

這副景象，就如同當年的她一樣，只是埋首摺蓮花、元寶，無論其他人如何勸她離開，她就只是坐著，一分一毫也不打算挪動。

除了摺蓮花就是跪在神主牌前懺悔自己的過錯。

任誰打罵她都不會還手，因為這是她應得的教訓，她甘願承受。

愈靠近柯孟群的靈堂，吳靚心裡的不安感越來越清晰。她加快腳步，看到靈堂前聚集一群人，手裡拿著橢圓物，朝著靈堂丟擲。

雞蛋準確砸中靈堂的玻璃門，吳靚眉頭深鎖，趕緊走上前制止他們，「欸！你們怎麼可以朝人家的靈堂亂砸雞蛋！請你們現在離開，不走的話我就報警！」

為首的男人怒氣沖沖的說：「像柯孟群那種殺人兇手憑什麼辦喪禮，他根本就不配！他沒負起殺人的責任，沒有受到法律的制裁，就這樣自殺了，怎麼可以這樣！」

「對啊！他這個殺人犯，憑什麼他可以辦喪禮，他為什麼可以走得安心？他就應該背負他所犯下的罪行下地獄去，他這樣也是佔據一個靈堂，明明有其他人比他更需要這個靈堂啊！」

其他人也跟著起鬨，他們的聲音之大已經干擾到其他仍待在靈堂外以及仍在做法會的家屬，吳靚上前跟他們解釋，但對方絲毫不打算退讓，仍有人繼續朝著柯孟群的靈堂丟雞蛋，甚至打算拆了外頭的布置，眼看情況越發嚴重，吳靚決定打電話叫警察過來處理。

可是，當她一拿出手機，其中一個男人竟抬手拍落她的手機，手機重摔在地，吳靚蹲下身要將之拾起，但對方竟然直接踩住她的手。

「唔……」吳靚發出微弱的哀鳴，想抽回手，但對方的力道不輕，她無法順利抽回手，「可以請你把腳移開嗎？」她好聲好氣的說。

然而，對方又是加重腳下的力道，口氣毫無悔意，「哼！我看妳就是負責處理柯孟群後事的禮儀社員工吧！妳做人怎麼這樣，幫一個殺人兇手辦喪禮，那我們這些受害者家屬怎麼辦！妳要替他償還罪過嗎？」

「把你的腳拿開。」

一道低沉又夾帶著惱怒的聲音傳了過來。

吳靚仰頭一看，看到江奕海臉色凝重，怒瞪著踩著她的手的男人。

「你又是誰？你也是禮儀社的人嗎？哼！你們這間禮儀社的人都是一個樣，幫殺人兇手的忙，你們都是幫兇！」

「那你不也是殺人兇手嗎？」

「咦？」對方呆愣地看著江奕海，「你什麼意思啊？我可是受害者，怎麼就變成兇手了？你腦袋出問題啦？」

江奕海嗤笑一聲，冷漠的說：「就你剛才說的那些話，就足以殺死一個人。你說，你不也是殺人兇手嗎？」

❀　❀　❀

不僅在場鬧事的人在聽到江奕海說的一席話而愣住，就連吳靚也是一臉詫異。

她並不覺得江奕海說錯話，反之，她贊同他說的——

『就你剛才那些話，就足以殺死一個人。』

沒錯，言語也擁有殺人的能力，那些毀謗、辱罵都有可能成為殺人武器。

言語能夠因為人而擁有美感，同時，也可以像是一把奪命的刀刃，致人於死地。

鬧事的人群各個臉色鐵青，張開口，卻不知道如何駁斥。

過了半晌，才跳出一個女人手指著江奕海，眼淚撲簌簌地留下，「你們又不是受害者家屬，你們怎麼可能會理解我們的心情！你們這麼做，等同於是在幫殺人兇手的忙，是他的共犯啊！」

「照妳這麼說，只要是跟柯孟群有關的人都是共犯囉？」江奕海偏頭看著女人。

從地面爬起的吳靚站在江奕海身側，她揉了揉泛紅的手背，接著開口道：「我知道柯孟群帶給你們的傷害很深，就像妳說的，我們不是受害者家屬，但，我們難道沒有失去過重要的人嗎？」

「那能劃上等號嗎？我的兒子只是要回家，結果就被柯孟群砍傷，最後傷重不治，那是我兒子啊！是我的寶貝兒子……他還沒來得及長大成人，他就已經……」女人雙手摀著嘴巴，哭得泣不成聲。

場面縈繞著悲傷的氛圍，鬧事的人群中也有的人垂下頭，無聲哭泣，原本就已經很醒目的他們，現在又引起更多人關注。

這時，許家丞帶著警衛來驅離鬧事的人群，由殯儀館的警衛來跟鬧事人群協調請他們離開，若他們不離開就會直接叫警察過來處理。

在警衛好說歹說下，鬧事人群悻悻然地離開，他們心裡固然不甘願，但為了不把事情鬧大，只好先行撤退。

吳靚等人向警衛道謝後，待警衛離開，他們開始收拾殘局。

「家丞，你怎麼知道要叫警衛過來？」吳靚好奇的問。她記得許家丞負責的案子是在另一區的靈堂，難道是這邊的聲音鬧得太大，連另一區也有耳聞嗎？

許家丞拾起地面的蛋殼，將之丟進垃圾袋後，才回應道：「我從另一區繞過來這裡看看情況，正好看到妳跟那群人起衝突，妳一個女人面對這麼多人沒有優勢，所以我想說去請警衛過來幫忙。」

吳靚微微頷首，總算是明白事情的緣由了，「那另一區的案子情況還好嗎？家屬有沒有什麼問題？」

「剛才只是去看看家屬是否離開，不過那個案子再過兩天就要辦告別式，所以我今天有跟他們說明告別式當天的流程……」

吳靚和許家丞一邊清理靈堂外的蛋液，一邊討論案子的事，這讓江奕海感覺自己格格不入，自己介入不了話題，只能埋頭清理場面。

等到收拾得差不多，許家丞低頭看了一眼手錶，發現快要六點了，他必須先離開，向吳靚他們道別，他便匆匆離去。

江奕海很好奇許家丞為何會著急離去，好似在趕什麼一樣，「吳靚姐，家丞哥他為什麼會這麼著急呢？」

「……他家的情況比較特殊，他不能太晚回家，因為他要照顧孩子。」

「孩子！家丞哥結婚了？」江奕海驚訝地睜大眼睛，他在公司也待了幾個禮拜，可是他可沒聽說許家丞結婚的事啊！

吳靚神色淡然，不慌不忙地說：「是他跟前妻的孩子，他離婚了。」

聞言，江奕海收起驚訝的表情，板著臉，喃喃自語，「原來家丞哥離婚了……我都不知道。」

他的碎碎細語，吳靚都聽在耳裡，「去年離的，他前妻把孩子丟給他照顧。孩子今年才兩歲，他上班的時候會把孩子送到老家，下班後會接回家自己照顧。」

她記得去年的許家丞有一陣子上班都很無精打采，做事效率變差，又經常頂著黑眼圈來上班，大家都很擔心他，上前詢問後才知道他離婚的事。

他一個人照顧年幼的孩子很辛苦，吳靚為了減輕他的負擔，能讓他提早下班就提早，不過今天還是拖延到他的時間，這讓吳靚很過意不去。

江奕海一直注意著吳靚的臉色，發現她緊皺眉頭，看來十分苦惱，他嚥了口唾沫後，走上前，將手搭在她的肩上，「吳靚姐，家丞哥不會怪妳的。」

吳靚沒有抬頭看他，只是輕輕頷首，弱弱的說：「嗯，我知道他不會怪我，但我就是覺得很對不起他。」語畢，她這才抬起頭，看著江奕海，「你也先回去吧，我想進去看看再走。」

若不是遇到鬧事的人群，否則她早已進入柯孟群的靈堂內看看情況，也早已回到公司收拾東西準備回家。

「吳靚姐是想進去跟柯孟群說話吧，我可以在旁邊待著嗎？」

「咦？」吳靚懵了，她萬萬沒想到江奕海會提出這種問題，「你為什麼會有這種想法？」

江奕海搔了搔頭，淺淺一笑，「我、我想認識吳靚姐眼中的第二世界。」

這句話令吳靚陷入沉默。

她真的搞不懂江奕海的想法，他為什麼這麼努力地想要闖入她的世界？

「江奕海，你就不怕跟在我身邊會變得不幸嗎？」

她最愛的人，無論是家人、朋友，都是因為待在她身邊而變得不幸，所以她寧願自己跟他們拉開距離，也不願讓他們受到傷害。

可是傷害還是造成了，所以撕破臉的、分手的、切割關係的全都有。

沒有人願意待在她身邊，但江奕海卻是自願走在她身旁，甚至想走進她的內心，想影響她的思緒。

江奕海聽到吳靚的問題，嘴角緩緩上揚，牽起好看的弧度，「我喜歡吳靚姐，我就是想陪在妳身邊。」

吳靚在心底告訴自己，千萬不能被他影響，她沒有資格被他喜歡，她也不希望像江奕海這麼好的男人因為她而受到傷害，所以她只能狠心推開他。

「對不起，我不可能會接受你的感情的，你說再多次，結果都一樣。」吳靚冷淡地說。

她就該冷血無情，她不該接受他的柔情。

「江奕海，如果想繼續待在我身邊的話，就別再輕易洩漏你對我的感情，否則，我一定會將你趕走……」不然，她也會自己離開。

❀　❀　❀

吳靚和江奕海走入柯孟群的靈堂內，一走進去，吳靚便看到柯孟群跪在自己的牌位前，一聽到動靜，他轉過頭，發現是吳靚和江奕海，他又慢慢轉回頭，卻在下一秒整個人跳了起來。

「柯孟群，我是負責幫你辦理喪禮的采靈禮儀社老闆吳靚。我能夠看得到你，我是想跟你聊聊才會來這裡找你的。」

「妳看得到我！」

柯孟群的臉龐突然出現在吳靚面前，吳靚受到一點驚嚇後退一步，才開口，「對，我能看見你。」

柯孟群的臉上難掩興奮，但是他的笑容並沒有維持太久，他垂下頭，情緒低落的說：「妳想找我聊什麼？妳應該也知道我的身分，那妳剛才為什麼要幫我？」

「雖然你生前曾經犯下罪過，但人死後，應該得到的尊重還是有的，何況你現在是我的客人，我幫你是天經地義的事。」

既然柯孟群都已經死了，為什麼就不能放他一馬呢？為什麼就算他死了還要這樣對待他呢？

柯孟群不自覺瞪大眼睛，接著他仰頭大笑，「哈哈哈——沒想到死後可以聽到有人站在我這邊，我真的……真的很感謝妳。」說到最後，他的語氣中帶著哭音，抿著下唇，淚水在眼眶打轉。

吳靚讓江奕海關上靈堂的玻璃門，她拉了兩張椅子，江奕海坐在她身邊，聽著她與柯孟群談話，乍看之下，就像是吳靚在自言自語。

而他只是靜靜的坐在一旁，沒有發言，也不打算起身離開。

即使外頭的世界暗了下來，他也不打算離去。

柯孟群開始述說起他的故事……

他是家中二兒子，上有一個哥哥，下有一個妹妹，卡在中間的他，彷彿成為最不受重視的存在。

柯家是個普通人家，但也出了幾個大學教授及醫生，所以柯家對孩子的要求很嚴格，唯獨對柯孟群，卻是放任他做一切他想做的事。

柯孟群在家裡不受重視，父母將最好的資源給了哥哥及妹妹，說好聽點，就是讓他自由發揮，讓他盡情享受生活，實則，就是放任他自生自滅。

然而，即使被父母忽視，即使他永遠比不上自己的哥哥及妹妹，比不上家中同輩的親戚，他依然努力的充實自己，拚命找尋自己的一條路。

他沒有自甘墮落，儘管沒有父母的資助又何妨，他自己去打工，無論是街頭發傳單、在酷暑的工地打工、在深夜的超商工作他都做了，為的就是自己支付補習的錢，好讓自己能夠維持課業成績。

他原以為只要在課業上表現出色就可以引起父母的注意，然而，現實狠狠打了他一巴掌，將他所有的努力、付出一掌擊碎，連同他那顆緊繃到極致，一捏即碎的心給打破了。

「就算你表現得再好有什麼用？我們不需要你。」

當他滿心歡喜的捧著自己以第一名畢業的獎狀回到家，興高采烈的拿到父親面前，結果就是被父親冷眼對待，並毫不留情地否定他的努力。

瞬間，他的世界開始崩解，耳邊彷彿能聽到心碎的聲音。如同玻璃碎片掉落在地的清脆聲響迴盪在腦中，可，又在下一秒，耳邊的聲音盡數消失，是一片寧靜。

「啊——啊——」

他抱頭大聲嘶吼，狂亂的、豪放的任意嘶吼。

就算他表現得再好有什麼用，他是這個家不被需要的存在，他終究得不到父母的認同，那他這麼努力是為了什麼？

為什麼一樣是柯家的人，為什麼他的處境就跟其他人不同？為什麼，到底為什麼！

他不知道是哪個環節出了問題，還是說……他根本就不該活在這個世上？他是不是根本就不被這個世界需要？

不過，就算他想逃出這個家也無法，他就此被關在家裡，不准他出門，也不准他出席任何活動。

柯孟群這個名字好似一夕間從世上消失一般，家裡的人並沒有荼毒他，照三餐供食，但就是不准他出門。

他待在不見天日的房間，一會兒躺著，一會兒在房內踱步，一直到再也沒有動靜，送餐的人發現異常，推門一看，發現柯孟群竟然倒在地上動彈不得，雙眼緊閉，而他的手腕上更有一道很深的疤痕，而血液已經開始凝固。

送餐的人馬上去通知柯孟群的父親，家裡的人也趕緊叫救護車，就算柯孟群要死也不能死在家裡，他們認為這會帶來詛咒，會為他們家族帶來不幸。

柯孟群被推上救護車，醫護人員便開始幫他做急救。他的脈搏微弱，心跳跳動速度緩慢，若不趕緊做處置，可能就救不回來了。

一送到醫院，立即推進手術室，好不容易從死神手裡搶回他的性命，但至此，柯孟群瘋狂的程度有所提升。他變得不受控制，一旦心情不好就會傷害自己及他人，柯家人決定把他送入精神病院，柯孟群也沒有意見，因為他一點也不想跟家人待在一起，他只要看到他們情緒就會失控。

可是到了精神病院，他表面上情緒穩定，沒有再惹事生非，實則他一直在預謀一件事，他想藉由這件事發洩對家人以及世界的恨意。

於是，他趁著院所人員不注意跑出精神病院，他已經許久不曾走上街頭，他感到格外興奮，然而，當他注意到旁人看著他的眼神後，他想到將他逼瘋的家人，思及此，他的情緒再度爆發。

他無法壓抑內心的怒火，更無法忍受他人以那樣帶著歧見的眼神看著自己，於是他掏出暗藏的凶器，勾起嘴角，沿街傷人。

他也不管那個人是誰，他只是一股腦地奔馳，並且將手上的凶器往對方身上揮舞，又或者，直接往對方身上刺進去。

看到如那日他倒地般，從傷口處淌出鮮血的畫面，不知為何，他的情緒更為亢奮，內心深處好似渴望著鮮血，更多更多，他需要更多！

直到他被人壓制在地，被人送上警車，被移送到……

柯孟群述說著自己成長的經歷以及殺人經過，他從原先的雲淡風輕，逐漸轉為激動，可當他向吳靚說起自己自殺的原因，他的情緒又轉為低落。

他以跳樓自殺的方式結束自己的一生。

這次與上次不同的地方在於，沒有人能夠救活他，他是抱著必死的決心跳下去的。

❀　❀　❀

在一審時，他被處以死刑，當時，社會大眾都認為法官總算是做了一個正確的決定。讓殺人兇手以死償還自己的罪過，如此一來那些被他殺害的無辜百姓才得以安詳。

柯孟群聽到自己被判死刑，他並沒有太多情緒，早在他被關進監獄當下，他便明白自已鑄下大錯，那時的他頭腦無比清楚，或許是他學會動腦思考以來第一次如此清楚的思考事情。

可是，他後悔又有什麼用處？他已經是個罪人，是個不能被原諒的人，他沒有資格要求被害者家屬原諒他，因為他奪走的是他們的家人。

二審時，法官評估他有精神狀況異常，判定他犯行當下無法正常思考，屬於精神狀況不穩定的情形下殺人，因此從原本的死刑判為無罪。

對於法官的判決，理所當然造成社會大眾的不滿及憤怒。受害者家屬更是盛怒到了極致，完全不能接受法官的判決，在柯孟群被送回家的時候，他們跑到他家抗議，什麼難聽的話都說出口了。

「你這個殺人兇手，你憑什麼可以活下來，你為什麼不乾脆去死一死算了！」

「柯孟群你這個人間敗類，你躲得了一時躲不了一世，你絕對會活得很痛苦，你不會幸福的！」

抗議的民眾整天在他家外頭吶喊，彷彿擁有無止盡的精力，好像他們這麼做就能夠殺死柯孟群一般。

柯孟群被柯家人囚禁在家，哪都不能去，房內的擺設都搬離，只剩下一張床，送餐的人每次送完餐就離開，離開時會鎖上房門，最後還有一個大鎖，若沒有鑰匙就無法解開。

所有人都放棄他，唯獨柯孟群的哥哥對這位弟弟產生些許憐憫之心。

他會到房門外和柯孟群說話，不過待的時間不久，頂多半小時就離開。

半年過去，柯孟群的名字再度銷聲匿跡，無人提及此事不代表那些不滿的人會就此放棄。

一年、兩年，柯孟群覺得自己越來越像個廢人。

躲起來的他就是在逃避這個世界。他身處在黑暗，但他也渴望回到光明處，只是沒有人允許他這麼做。

直到有一天，送餐的人變成他的哥哥，他的哥哥拿了一支手機給他，讓他在房內可以使用，但也叮嚀他，千萬不能讓其他人發現手機的存在。

倘若被發現，不單是柯孟群會被懲罰，就連他也遭殃。

柯孟群很感激哥哥對他的好，他已經很久沒有感受到溫暖，他答應哥哥，他絕對會保管好手機，不會讓任何人發現。

可是，擁有手機，卻也讓他越來越走向絕望。

哥哥提醒過他，千萬別做讓自己難過的事，他明白那是什麼意思，但人總是會經不起好奇心，尤其當有人提醒自己不能去做那件事時，心裡面就越是好奇。

他就是明知故犯，明知道不能碰觸卻硬要去搜尋自己的名字。

「你為什麼可以好好活著？為什麼你殺了人卻可以活著？」

「你這個殺人犯，你殺了人就應該以死抵償你的罪行，為什麼你可以活著！」

他看到排山倒海的留言都是在咒罵他，他知道這是他應得的教訓，是他自作自受，但是他真的覺得好累，他已經沒有辦法活著，他覺得活著真的好累。

於是，在哥哥送餐來的時候，他告訴哥哥，他想開開窗透氣，他覺得這個密閉的空間快令他窒息，他想呼吸新鮮空氣。

哥哥答應他的要求，讓他開窗透氣，等下次送餐過來時再幫他關窗，接著他便走出房間，並鎖上門。

柯孟群看著窗外的世界，許久未見陽光，他伸長手，伸出窗外，可又在陽光曝曬之後立刻收回手。

他扯了扯嘴角，心裡有股難以言喻的哀傷。

他知道自己只能走到這裡了，他沒辦法再堅持下去了。

站在窗邊，他望著下方，臉色凝重，「還不夠，還要再高，這樣還不夠。」

他爬出窗外，他也不知道當時的自己怎麼了，就這樣爬到頂樓，站在屋子的最高處，他眺望遠方，看著夕陽逐漸隱沒在地平線下，陽光不再刺眼。

一天快結束了，如同他的生命一般。

他拿出手機，指腹在螢幕上挪動，將一段文字傳給哥哥，接著，將手機扔至在頂樓的地面後，任憑身子逐漸向前傾倒……

「砰」的一聲，他墜落在地，當場失去意識——

隨著漸漸聚集的人群，伴隨著驚慌失措的吶喊、逐漸靠近的救護車鳴笛聲，尚未有人發覺掉落在頂樓地面，畫面漸漸暗下來的手機。

「哥哥，我不會再帶給你麻煩了。我是柯家的汙點，我消失後，你們就可以放心了。」

他二十六歲短暫的人生就這樣畫下句點，然而一開始，柯家人並沒有人想幫他處理後事，他們甚至認為他在家自殺才是柯家最大的汙點。

只有柯孟儒，默默安排後事的處理，因為他的父母都不打算為柯孟群辦場喪儀，所以他只好獨自處理這一切。

「我有看到哥哥對我做的事情，我真的很感謝他，明明我給他帶來很多麻煩，但……但他還肯為我做這些，我真的……」到最後，柯孟群哽咽到說不出話。

此時，江奕海卻開口道：「儘管這個世界很殘酷，但依然有人很努力地想要活下去。從以前我就一直在想，自殺的人很傻，自以為這麼做自己就可以脫離苦海，但他們都沒想到那些與死神搏鬥的人，是多麼希望自己能夠活下來。」

他沒來由的一席話，令吳靚不自覺瞪大雙眼，「奕海？你怎麼突然說這些？」

她不知道江奕海是否有感應到什麼，又或者，他其實也能夠看見、聽見柯孟群說的話，所以他才會突然有感而發？

「江奕海，你告訴我，剛才柯孟群說的話，你是不是都聽見了？」

江奕海沒有回話，但他的沉默就像是默認吳靚的疑問，這就代表他其實看得見柯孟群，也聽見他方才說的故事。

柯孟群飄到江奕海面前，在他面前扮鬼臉，甚至呼氣，江奕海都不改鎮定，始終是保持淺淺笑意，這又讓吳靚更加困惑。

她正打算開口，江奕海卻搶先說：「嗯，我看得見哦。」

他說得雲淡風輕，但吳靚卻是睜大眼睛看著他，身子微微顫抖，「原來……原來你跟我一樣嗎？」

❀　❀　❀

吳靚曾想過，倘若身邊有個人像她一樣能夠看見那些無形的存在，她會是什麼感覺？

而此刻，在知道江奕海也能夠看見後，她感到又驚又喜，突然覺得自己不是這個世界的異類，有個人能夠陪她一起面對另一個世界，她感到很高興。

江奕海卻是不以為然，一派輕鬆的說：「就像吳靚姐一直以來都很冷靜應對一樣，對於無形的存在，我並不恐懼，而我也從吳靚姐身上學到尊敬的態度。」

亡者為大，即使生前他犯了什麼錯，都應該放下對他的成見。

「柯先生，你選擇以自殺的方式結束一生，這是你的決定，但，我希望下輩子你能夠更尊重每一條生命。無論是你奪走的，或是你自己的生命。」江奕海嚴肅的說。

柯孟群愧疚地垂下頭，呢喃道：「我會記得的。」

吳靚看著柯孟群，這個與她年紀相仿的男人，之所以會走到自殺這一步，其實也是被家人所逼。

其實剛才聽了柯孟群的故事後，她依然不懂為何柯家對待柯孟群的態度會如此不同？柯孟群本人不了解，或許只能從柯孟儒那裡下手了。

「柯孟群，剛才奕海在外面對那些抗議的人說的話你應該有聽見吧？」吳靚問。

柯孟群點點頭，「有，我在裡面聽得一清二楚。」

聞言，吳靚才接著說：「你是殺人兇手的身分這一點已經無法改變，但我認為那些以言語攻擊你的人，其實也是間接殺了你的兇手。」

吳靚看向江奕海，像是在問他「你剛才想說的是這個意思對吧？」。

江奕海莞爾一笑，輕輕點頭。

「柯孟群，不管過去的你有多麼瘋狂，但，現在的你，也說得上是受害者。」

柯孟群不禁瞪大眼眸，眼底難掩激動，「妳說我是受害者？妳怎麼會這麼說？我殺了人耶！我可是殺人兇手！」

吳靚一臉平靜，淡淡的說：「嗯，你是加害者。如果當初你是因為被判處死刑而離開人世，我絕對不會說你是受害者，但，現在你是被外界的言論以及過去你的家人對你的態度所逼一躍而下，倘若不是他們逼你，你會做出這個決定嗎？」

柯孟群將臉別向一旁，落寞的說：「我不知道，我也不知道為什麼我會將怒氣發洩在陌生人身上，我也不知道我為什麼可以毅然決然地從頂樓跳下去……」他緩緩蹲下身，蜷曲起身子，彷彿張開一層防護罩，保護軟弱的自己。

吳靚輕嘆一口氣，原想繼續說下去，江奕海卻阻止她，「吳靚姐，交給我吧。」

吳靚頷首，放心交給江奕海處理。

「柯先生，我想吳靚姐會說這些，是希望你在人生最後一哩路上能夠放下內心的愧疚，安詳離去。如果你的家人能夠多關心你一點，能夠將你拉回正途，或許你就不會犯錯，也或許，你現在依然好好活著。」他頓了一下，「就像我剛才說的，很多躺在醫院病床上的人都在等待活下去的機會，你擁有一副健康的身體，你應該要好好珍惜的。」

柯孟群似乎將他的話聽進去了，他抬手抹除眼淚，起身向吳靚及江奕海深深一鞠躬，「這輩子無以回報，下輩子定會好好做人，感謝你們點醒我。」

緊接著，他的身軀愈趨近於透明，在吳靚和江奕海面前消失得無影無蹤。

「他走了嗎？」江奕海問。

「他需要時間沉澱一下心情。」吳靚站起身，將椅子拿到一旁擺放整齊。

江奕海也學著她，把椅子疊在吳靚方才坐過的椅子上。

在離開前，他們站在靈堂前，雙手合十，微微欠身，接著便離開靈堂。

離開靈堂，吳靚向江奕海詢問韻芝阿姨那邊的狀況。

「今天韻芝阿姨的家人還是一樣在靈堂外的桌子摺元寶及蓮花。不過今天來了一個男人，宏哲叔叔跟韻芝阿姨的女兒看到他的時候都是一臉厭惡，然後那個男人雖然先行離去，但表示他明天還會再來。」江奕海將方才到韻芝阿姨靈堂看到的情況告訴吳靚。

吳靚的臉色沉了下來，她大概猜到那個男人的身分，也明白為何宏哲叔叔他們會如此反感，「奕海，明天你再幫我注意一下，那個男人應該是韻芝阿姨的丈夫，如果他們之間有起口角或是衝突，你要幫忙制止，不能干擾到旁邊其他家屬。」

江奕海恍然大悟，訝異的說：「原來那是韻芝阿姨的丈夫嗎？」

吳靚頷首，「嗯，那是韻芝阿姨的丈夫。」

她沒有再去過問韻芝阿姨與丈夫間到底發生什麼事，總之一定不是什麼開心的事，所以韻芝阿姨的家人們對待他的態度才會那麼糟糕。

「我擔心他們情緒過於激動，明天柯孟群的部分就交給我，你就先去韻芝阿姨那裡看看，需要幫忙隨時打電話告訴我。」

她越來越放心把事情交給江奕海處理，因為他做事謹慎、認真，交給他不會有問題。

能得到吳靚的信任，對江奕海而言是一大肯定。他眼眸裡泛著光芒，嘴角的笑容藏也藏不住，「我不會讓吳靚姐失望的，吳靚姐，謝謝妳相信我！」

吳靚先是一楞，牽起嘴角，淺淺一笑，「加油。」

她知道她跟江奕海不會有好結果，但她就是莫名的想要看著他，看他走在她前方，一直保持正面積極的態度，一直……笑著。

翌日一早，江奕海比以往都晚進入公司，可是當他抵達公司，卻不見吳靚的身影。

江奕海挑眉，走到方席恩的座位前，敲了敲方席恩的桌面。

方席恩從手機螢幕上抬起頭，疑惑地看著他，「怎麼了嗎？找我有什麼事？」

江奕海搔了搔頭，思考如何開口，「呃……吳靚姐她有進公司了嗎？」

「她把東西放著就出去了，她也沒說她要做什麼，但應該是去殯儀館了吧。」方席恩並沒有發現江奕海的異狀，她只當他是關心吳靚。

江奕海聽吳靚有進公司了，他嚥了口唾沫，道出他最想知道的問題，「席恩姐，妳可以跟我說說吳靚姐家裡的狀況嗎？」

方席恩挑起眉，偏頭看著他，「你怎麼突然想知道吳靚姐家裡的狀況呢？」

老實說她多少看出一點端倪，畢竟江奕海總是跟在吳靚身後，就像吳靚的跟班，但他卻不辭辛勞，看著吳靚的眼神透露了一切，但此刻他竟向她問起吳靚的家務事，這讓她提高警覺。

「你知道吳靚姐家裡的狀況又想幹嘛？難道你接近吳靚姐是有企圖的嗎？」方席恩瞇著眼，打量著他。

江奕海慌張地擺擺手，急忙解釋，「我不會傷害吳靚姐的，我只是……只是想更了解吳靚姐……」

說到後頭，他越說越小聲，不過方席恩都聽見了。

方席恩輕笑了笑，她看著江奕海的眼神彷彿看穿了一切，「既然你這……麼在意吳靚姐，要我告訴你也不是不行啦！」

江奕海的臉龐靠近方席恩，雪亮的眼睛直盯著她，「謝謝席恩姐！」他大聲的說。

聲音之大，辦公室內的人都聽見了。

其實從江奕海說想知道吳靚家裡的狀況那個地方他們就聽得一清二楚，之所以不介入，便是知道由方席恩跟他解釋即可。

方席恩開始說起她所知道的一切，她會知道這些，也是從她父親口中得知。

❀ ❀ ❀

生命這條路上正因為充滿變數而珍貴，但，在吳靚的人生中，卻因為遭逢變故，從原先繽紛奪目的人生，逐漸變得黯淡無光。

吳靚還小的時候，她跟父母的感情並沒有很好。因為父母忙於工作，將她送到奶奶家由奶奶照顧，所以她有許多想法、觀念都源自於奶奶，而奶奶說什麼對她來說就是一切。

可時間久了，情況就不同了。

她從原本奶奶照顧變成韻芝阿姨照顧，接著又回到父母身邊，也開始到禮儀公司走動，她的人生就此改變。

自從跟著父母到禮儀公司之後，她比往常更常見到無形的存在。

那些跟在公司員工回到公司的鬼魂，各種樣貌的鬼魂她都見識過了，也是在那時，她被鬼魂發現自己能夠看見祂們。

從被跟隨而害怕，到最後習慣那些鬼魂的存在，而習慣了，也開始學會漠視。

但，她忽視不代表鬼魂就不會纏上她。

讀書時，她不敢告訴同學她擁有陰陽眼，能夠看見無形的存在。

所以當有一天這件事曝光了，曾經圍繞在她身旁的同學漸漸遠離她，連她的好朋友也紛紛疏離。

直到最後，只有一男一女願意陪伴在她身旁，卻在未來發生事情後，她就此變成一個人了。

「關於吳靚姐的交友狀況我不太了解，她和她的朋友間到底發生過什麼事，可能只能等吳靚姐願意告訴你的那一天了。」方席恩頓了一下，「不過，我記得吳靚姐的父母，也就是前老闆，是因為發生事故才離開，那個時候吳靚姐才剛大學畢業，畢業後，她告訴父母想要慶祝大學畢業，所以要請他們吃飯，她的父母好不容易空出時間，在當天開車前往餐廳的路上卻發生了車禍。」

「我聽到的版本是這樣，但實際狀況我就不知道了。」

方席恩把她所知道的都告訴江奕海，但是因為這些事情大多是從方旗轉述而來，過程中可能又加入他個人說法，是不是事情的真相就不得而知了。

「吳靚姐認為父母會出事都是自己害的，如果當初她沒有說要請他們吃飯，他們就不會出意外。然後當時吳靚姐的弟弟因為有事情沒辦法前往，卻剛好躲過一劫，但他也將父母過世的原因歸咎在吳靚姐身上，所以吳靚姐的弟弟很討厭她，甚至恨她。」

江奕海聽了這麼多，大致了解吳靚總是那麼倔強，將所有事情攬在肩上的原因。

她跟人互動時總是保有一定的距離，她認為保持一段距離，就可以避免對方受到傷害，但就是因為如此，她看起來才會那麼孤單，那麼悲觀嗎？

江奕海在心底下定決心，他要幫助吳靚走出過去的陰影，他會向吳靚證明，她並不會帶來不幸，反之，她能夠帶給他人幸福的！

一早到公司放下包包，帶著手機跟錢包便趕往殯儀館的吳靚，直接來到柯孟群的靈堂，看到靈堂的門是開的，她停好車，走近一看，看到裡面站著的人是柯孟儒後，她鬆了口氣。

幸好不是來抗議的民眾，她就是擔心會有抗議民眾一大清早就來破壞，所以才急著趕來。

「柯先生。」吳靚輕喚站在靈堂前，注視著柯孟群照片的柯孟儒。

柯孟儒轉過身，看到吳靚後，又緩緩轉回頭，繼續看著前方，「吳小姐，聽說昨天有人來鬧事，然後是妳跟禮儀社的員工一起處理的，對吧？」

既然柯孟儒都知道了，吳靚也不打算隱瞞，「嗯，就像你說的那樣。」

只見柯孟儒輕嘆一口氣，「謝謝妳為我弟弟做的事情，我身為哥哥，卻對我弟弟的事情無能為力。」

「我可以問你一些事情嗎？」吳靚問。

「妳想問我為什麼要幫我弟弟處理後事對吧？」柯孟儒早料到吳靚想問什麼。

吳靚微微頷首，淡淡的說：「其實，我從你弟弟那邊得知一些事情。他告訴我，你在最後幫了他很多忙，但我好奇的是，為什麼你們家的人會這麼討厭他呢？」

分明都是一家人，難道就因為柯孟群排行老二，就少了家人的關愛？究竟為什麼會有這種差別待遇呢？

柯孟儒垂下頭，冷笑一聲，「我也是到長大才知道，原來，我一直認為的弟弟不是我真正的弟弟。」

聞言，吳靚不禁皺眉，「所以柯孟群不是真正的柯家人，因為這樣你的父母對待他的態度才會那麼差？」

「沒錯。其實孟群他是我阿姨，也就是母親的姐姐的孩子。當年阿姨要結婚，外公外婆都很反對，他們認為姨丈有太多前科，曾經酒駕肇事撞死人，年紀輕輕就愛打架鬧事，所以外公外婆反對阿姨結這個婚。只是，阿姨很堅持，甚至與姨丈私奔，兩人離開家裡，在外獨自生活，並生下孟群。

但，在孟群出生不久，姨丈被發現吸食毒品而被警方帶走，阿姨也在當時被檢查出罹患肝癌，需要就醫治療。外公外婆放心不下兒孫在外受苦，所以把孟群帶回柯家照顧，卻阻斷阿姨見孟群，因為他們已經跟我父母討論好，將孟群的名字列在父母這方的戶口，所以孟群就成了我的弟弟，孟群到死都不知道自己不是父母的親生兒子。」

吳靚的眼神飄向一旁角落處，柯孟群就站在那裡，他一臉震驚，顯然沒料到自己一直以來被父母討厭的原因竟是因為他不是他們的親生孩子。

老實說吳靚也很訝異，只是她還是不懂柯孟儒的父母接受了這個孩子，卻還是對他這麼殘忍。

此時，柯孟儒又接著說下去，「起初，父母認為這是外公外婆的安排，他們也沒有意見，畢竟當時孟群還小，他們也不想放著他不管。一直到妹妹出生，看著當時五歲的孟群受到家中長輩喜歡，甚至有長輩說他未來不可限量，不停稱讚他是天才，此時我的父母似乎意識到孟群會威脅到我和妹妹的發展，所以才對他那麼苛責，而且不提供他任何資源，父母也不讓我們跟他玩在一起。

我也是到大學畢業後父母才告訴我這件事。當時我也很驚訝，但也對孟群感到很抱歉。他的努力我都看在眼裡，他有多麼痛苦我都看得出來，但我卻不能向他伸出援手，於是，我只能在他再次回到家裡後多關心他，可，悲劇還是發生了。」

吳靚看到柯孟儒的眼角帶著淚珠，他看著柯孟群照片的模樣是多麼深情，她知道，他是真的關心柯孟群，即使他不是他的親弟弟。

眼神又瞥向柯孟群，他的臉色與柯孟儒相比淡然多了。

他注意到吳靚正看著他，微微勾起嘴角，嘴巴一張一闔，沒有發出聲音。

但是吳靚明白他想說什麼——

謝謝。

僅此二字道出他對吳靚的感謝之意，同時，這二字也是對柯孟儒說的。

在他認為孤苦無援的時候，是柯孟儒讓一直待在黑暗房中的他感受到陽光的溫暖。

倘若他能夠更早感受到陽光的溫暖的話，是不是就不會鑄下大錯，他也不會從頂樓一躍而下呢？

不知道。

因為這個世界有太多變數，而且，也沒有重新來過的機會。

第四章　離別，新生

翌日，柯孟群沒有辦告別式，就這樣被載去火葬場火化。

火化結束，柯孟儒到撿骨室撿骨，依照那邊工作人員的指示，他夾起一塊骨頭放入早已備妥的骨灰罈，嘴上唸唸有詞，眼角又有淚珠滑落。

「家人肯定不會贊成將孟群和祖先擺在一起，而且孟群他被這個家拘束太久，我想還他一個自由。」

他說他會把柯孟群的骨灰撒向大海，他想讓他在大海中暢游，不必再被侷限於骨灰罈裡。

柯孟群的案子就這樣結束了，可是吳靚的生活並沒有因此得閒，因為這個世界每一天、每一分鐘都有人離開，隨時會有工作上門，所以送走一個人，也只是為了迎來下一個人。

從殯儀館離開，吳靚回到公司，發現方席恩以異樣的眼神盯著自己，「怎麼了嗎？」

不僅是方席恩，現在在辦公室內的人都朝她這個方向看來，瞬間，她有種自己成為珍禽異獸的錯覺。

「到底怎麼回事？為什麼要這樣看著我？」吳靚被這樣盯著，火氣慢慢上升。

方席恩急忙解釋，「吳靚姐別生氣，只是我們昨天聽到一個消息，所以才會……」

「什麼消息？跟我有關的什麼消息？」吳靚逐漸逼近方席恩，非要她把話說清楚。

方席恩搔了搔頭，感受到吳靚的怒氣，但這件事她真的不知道該如何解釋才好，「呃……這個嘛，吳靚姐，妳覺得奕海這個人如何？」

吳靚蹙眉，不明所以的說：「為什麼要這麼問？奕海他人很好啊，為人正直、認真、交代的事情都有確實完成，之所以會讓他跟在我身邊學習，就是因為這樣，為什麼現在又問我他這個人如何？」

剛說完話，她就多少領悟到一些端倪，「等等，你們會問我江奕海……難道是因為你們知道他喜歡我嗎？」

「誒？原來妳知道奕海喜歡妳嗎！」方席恩的嘴巴張得老大，就連其他人也是一臉震驚。

吳靚在心底輕嘆一口氣，無奈地說：「你們幹嘛這麼大驚小怪？他喜歡我又如何？」

方席恩又是一驚，看到吳靚的態度那麼平靜，而且早就知道江奕海對她的感情，卻沒有告訴任何人，雖然覺得意外，但想想這就是吳靚的個性，好像又沒什麼。

但八卦是人之常情，方席恩瞇著眼打量著吳靚，「吳靚姐，妳對奕海真的沒感覺嗎？既然妳也知道他的優點，難道妳不會對他心動嗎？」

吳靚沒有半點猶豫，直接回答，「沒有，我對他沒有任何感覺。」

她沒有辦法喜歡上任何人，因為她也不喜歡自己。

即使她跟江奕海相處時確實很放鬆，視線總是不經意被他吸引，喜歡看著他走在她前方，喜歡……

喜歡？

吳靚整個人僵住，她瞬間沒辦法正常思考。

為什麼她會冒出「喜歡」二字呢？她分明才剛說自己對江奕海沒有任何感覺，自己也不會喜歡上他，那為什麼她會喜歡看著他走在她前方呢？

雖然搞不清楚自己對江奕海到底抱持著什麼想法，但他們真的不可能的，她也跟江奕海說過，她談不了戀愛，她沒有資格。

為避免方席恩他們再提起這件事，她板起臉色，嚴肅的說：「席恩，妳也知道我的個性，所以今天這件事提一次也就罷了，以後我不想再聽到任何人提起我跟江奕海的關係。我是公司老闆，而他是見習禮儀師，我們之間不會有任何交點，只會是平行線。」

正因為知道江奕海不在她才有辦法說出這種話。倘若被他聽見了，他會難過吧。

可是，如此絕情的她才是吳靚。

午餐時間，江奕海回到公司，他並沒有發現辦公司內的微妙氣氛，因為方才吳靚的一席話，沒有人敢再開他們倆的玩笑，誰都不敢惹吳靚生氣。

江奕海將他從外面帶回來的午餐擺在桌上，從抽屜取出餐具，起身準備到飲水器的熱水沖洗一下。

倏忽，辦公室內的電話響起，坐在辦公桌前的吳靚伸手拿過話筒，舉到耳邊，「采靈禮儀社您好……好的，我會派人過去，請您稍待片刻。」

通話結束，吳靚面容嚴肅，辦公室內的氛圍又悄悄改變，每個人嚴正以待，等著吳靚開口。

「等等有一位客人要送到殯儀館，是生病過世，從醫院那邊過來，會先繞到往生者的住處那邊，然後再開過來，所以大概需要半小時。因為我手上剛好有案子剛結束，目前家丞手上還有兩個案子，而我目前只剩一個，其他人手上也都有案子，所以這個案子一樣交給我跟奕海負責，沒問題吧。」

雖然大家相信吳靚的能力，但是吳靚已經接連上班好幾個禮拜都沒有休假，而且最近幾起案子都是吳靚負責，這樣她會不會累倒還是個問題。

因為擔心，因此必然有人會有意見。

「老闆，妳這樣不會累倒嗎？妳最近都沒休息，一直是公司跟殯儀館兩邊跑，妳這樣身體會不堪負荷的。」

「對啊，小靚，公司上上下下這麼多人，不能妳一人全部擔下啦，妳這樣我們其他人會過意不去的。」

吳靚無奈的笑了笑，他們是關心她，她明白，但是她想在她能做的時候多做一點，在她還有體力，在她……還活著的時候，她想多幫助一些人，想多了解不同的事情。

每次與往生者家屬聊天時，彷彿是在聽著一則又一則的故事。

有悲，有喜，但無論歡喜或悲傷，都是一個人的一生，是獨特的經歷。

她不想錯過了解這些經歷的機會，所以她想盡可能自己負責案子，就算累，一切都值得。

「大家，這個案子就交給我吧，而且有奕海幫忙，我不會累著的。此外，這也是奕海跟在我身邊學習的最後一個案子，在那之後奕海就可以去接受考試，拿到證照，就可以成為真正的禮儀師了。」吳靚看向江奕海，朝他輕輕頷首。

與吳靚淡定的態度相比，江奕海的神情卻十分驚訝，「我、我快要考試了嗎？這麼快嗎？」

他從沒想過自己這麼快就要從見習禮儀師晉升為真正的禮儀師，他覺得自己還有許多地方需要學習，他還想跟在吳靚身邊學習，他……

「吳靚姐，考試的事可以緩緩嗎？這個領域很深奧，有些事情我還不太會處理，可以讓我再待在妳身邊學習一段時間嗎？」江奕海將自己內心的想法說出口。

吳靚偏頭思考，看到江奕海的眼神如此堅定、神情嚴肅，看來他是真的不想這麼快就去考試，想繼續在她身邊學習。可是，能夠成為正式的禮儀師不是件好事嗎？

何況他成為正式禮儀師後，他便可以自己接案，她也沒有要求他一定要待在采靈，倘若他要自己創業她沒有意見，到時候經驗的累積更快速，不是很好嗎？

「吳靚姐，拜託妳，我想繼續學習！」江奕海向吳靚深深一鞠躬，誠意十足，吳靚也不好拒絕。

她的眼神環視辦公室，看到許多人頻頻向她點頭，也有人喊著要她答應，最後，她開口道：「好，你就繼續跟著我吧。」

離別總是給人一種哀傷的感覺，但是若沒有離別，哪會有迎接新生的喜悅呢？

她相信輪迴轉世，即使離開，總有一天也會回到這個世界上。

即使是以不同形式回來，也是個新的生命。

❀ ❀ ❀

下午，往生者先被送進冰櫃，待確認有靈堂能使用後才會轉移到那邊。而家屬都在停柩室等候吳靚，吳靚一來，看到兩個大人，一男一女，一旁還有一個孩子，模樣看來像個大學生，那位往生者即是他的父親。

「吳小姐妳好。」男人走上前向吳靚問好，也向她自我介紹。

對方叫做韓翃飛，是往生者的弟弟，而一旁的女人是往生者的妻子沈妍，她的兒子叫韓翊綸，目前高三。

往生者的名字是韓翃家，生前是一名老師，是癌症過世的。

吳靚先了解家屬對喪儀流程的安排，也需要了解他們有什麼宗教信仰，接著喪儀流程要辦幾天，是要依照傳統流程跑，還是家屬有特別的要求，先做一些調查，才有辦法做後續處理，其他的就等之後再討論也還來得及。

家屬這邊希望依照傳統流程安排，法會的部分也不想漏掉任何一場。

吳靚明白家屬這邊的要求後，一樣先請江奕海去確認靈堂那邊的狀況，她又告訴他，待會在韻芝阿姨的靈堂那邊集合，現在這裡就交給韓先生的家屬，暫時不需要他們幫忙。

在離開前她瞥了韓先生的家屬一眼，發現他們的臉色很淡然，雖然空氣中飄忽著悲傷的氛圍，但他們像是早已做好心理準備似的，難過的神情並沒有很明顯。

不免讓她好奇這家人有什麼故事，而往生者生前又是怎麼樣一個人呢？

工作結束回到家，吳靚難得接到高中同學的電話。她猶豫半晌，才按下接聽鍵，「喂？蘇希，妳找我有什麼事嗎？」

「吳靚，很久沒見面了，難道我打個電話跟妳分享喜悅也不行嗎？」

對方的口氣盡是無奈，但也像是早習慣吳靚的說話方式。

吳靚苦澀一笑，「可以是可以，只是就像妳說的，我們很久沒聯絡，妳這次打來到底有什麼事呢？」

「其實是因為我的待產期快到了，最近孩子就快出生，想說之前都沒跟妳提過我懷孕的事情，也很久沒見面，不知道我們最近有沒有時間見個面呢？」

吳靚聽到蘇希懷孕，她內心是高興的，但當她提起見面的事，她又不知道該如何回應，「蘇希……妳也知道我的工作，何況妳現在是孕婦，在外碰面，好像不太好……」

她在殯儀館走動身上帶著晦氣，倘若影響到蘇希懷裡的孩子，她會過意不去的。

「妳別想太多，妳就是太愛想東想西了，我才不在意那麼多。反正我過兩天正好可以出門，妳也不用擔心，我的老公會陪我，有他顧著我，我們可以盡情聊天，很棒耶！」蘇希與奮的心情從她的口氣中便能明白。

「她真的很老實呢。」吳靚心想。

她告訴蘇希，明天中午前會給她答覆，雖然蘇希表示沒有問題，但是吳靚還是擔心，擔心自己會給她帶來不幸，所以她需要評估自己的狀況才有辦法做決定。

蘇希能夠體諒吳靚，認識吳靚多年，這就是她的個性，何況之前吳靚遭遇的事情她也知情，所以她願意給吳靚時間。

「吳靚，我希望妳能夠明白，妳是個好人，待在妳身邊的人會與妳一同感受到幸福的感覺，別總是想得那麼負面嘛。」

吳靚輕笑了笑，淡淡地說：「嗯，我會努力改變自己的。妳要當媽媽了，我還沒對妳說聲恭喜呢！」

耳邊響起蘇希如鈴鐺般悅耳的笑聲，「哈哈，我從以前就覺得妳其實是個有趣的人，吳靚，妳果然沒有讓我失望，哈哈——」

吳靚無言，但她心裡確實踏實多了，彷彿一開始的顧慮都因為蘇希的笑聲而消失殆盡。

「好啦，不打擾妳休息了。妳肯定也累了，那就等妳的消息囉！吳靚，別活在自己的世界，外面的世界不像妳想的那麼邪惡、恐怖，還有，妳是個溫柔的人，妳確實可以帶給我們溫暖，所以妳一定要相信自己，好嗎？」

蘇希的話吳靚聽進去了，「嗯，我會努力的。」

吳靚也不知道可以再跟蘇希說什麼，最後是蘇希掛斷電話，吳靚才免於尷尬。

將手機拿到一旁充電，她又走到廚房，從冰箱內拿出兩罐啤酒便走到客廳坐了下來。她喝了一口啤酒，啤酒獨特的苦味充斥鼻腔，她想起第一次喝酒便是蘇希邀她喝的。

她跟蘇希國中時便認識，當時她和蘇希以及另一個女生時常走在一塊，甚至被其他同學稱為三朵花，因為她們的長相都很出色，常有男生告白，因此被稱為「花」。

雖然她們覺得被叫做三朵花很俗氣，不過這個稱呼就像是代表她們的友誼，花瓣不會輕易分開，除非凋零，或者被人硬扯下來。

三人之間的好友誼持續到高中，即使不同班，但三人仍會利用放假時約出門逛街，即使有其中一人交了男朋友，也不會因此拋棄這段友誼，反之非常珍惜。

與她們相處的時光，是吳靚最快樂的時期，但一切就在她認為最幸福的時刻被打碎。

幸福持續的並不長久，不幸便降臨了。

吳靚躺在沙發上，看著天花板，伸出手，即使知道自己碰觸不到天花板，但她仍努力伸長手，渴望自己能擁有神力，伸手便可觸及天花板。

然而，神明賜予她的能力並非她想要的，這個能力好似是神明對她的懲罰。

「吳靚，妳的盡頭是不是快到了呢？」她喃喃自語著。

現在蘇希有了孩子，一個新生命即將誕生，如果……那一天她沒有做傻事，是不是也可以保住一個生命呢？

她想了一夜，最後決定和蘇希見面。

她想再相信一次自己，相信自己不是只會帶給人不幸，她也可以與他人共享喜悅，她也可以保持笑容……

最後一次，她想試試看她是不是也有資格可以笑著過日子。

❀ ❀ ❀

翌日，吳靚一抵達公司，就先填寫請假單，明天要請假，她也要先把事情處理好才能放心。

當方席恩知道吳靚要請假，她說話的語調不自覺提升，「天啊！吳靚姐，妳終於要請假了嗎？」

吳靚抽了抽嘴角，無奈的說：「我明天有重要的約會不能缺席，而且妳不也說過我很久沒休假了嗎？正好最近案子還不算忙碌，我請個半天假，應該不為過吧？」

「當然。吳靚姐想休假當然沒問題囉！不過……」方席恩可沒漏聽方才吳靚提到的『約會』二字，「吳靚姐，妳要跟誰約會啊？妳有對象了？」

吳靚就知道方席恩會胡思亂想，她輕敲方席恩的腦袋，輕嘆一口氣，「我不久前才拒絕江奕海的告白，妳覺得我會跟其他男生交往嗎？」

方席恩揉了揉腦袋，困惑的問，「不然是什麼約會？還是吳靚姐的性向不是男性，而是……」

「我是要跟朋友見面啦！」吳靚無奈地扶額，搖頭嘆氣。

她真的想去問問方旗，方席恩怎麼會有那麼多奇怪的想法……

方席恩恍然大悟，驚訝的看著她，「原來吳靚姐有朋友啊！哇——我還以為妳除了我們之外，在外面沒有其他朋友了呢！」

吳靚放棄解釋，她跟方席恩的頻率不在一條線上，跟她聊天真的太累了。

此時，方旗走了過來，拍拍吳靚的肩膀，口氣也盡是無奈，「小靚抱歉啊，我家女兒又給妳添麻煩了。」

「爸，什麼叫添麻煩？我是很認真的在跟吳靚姐問事情耶！」方席恩嘟嘴，不滿地看著方旗。

「人家小靚想要請假又關妳什麼事了。哪像妳，一天到晚只想著要出去玩，小靚難得請假跟朋友見面，妳也在那邊問東問西，而且也沒注意到小靚的表情有多麼為難，妳這不叫添麻煩叫什麼？」

「唉呦，爸，我到底是不是你的女兒啊？都只會說我的壞話……」

看著方旗和方席恩父女倆鬥嘴的模樣，一來一往的，辦公室的氣氛似乎也因為他們而活絡，甚至有其他員工聽到他們爭執的內容而笑出聲來。說不羨慕絕對是假的，吳靚她很羨慕方家父女的互動。

「好好。」她低聲自言自語。

倘若她的父親仍在世，她是不是也有辦法像他們那樣鬥嘴呢？

擺擺頭，甩開這些不切實際的想法。接著她板起臉色，面無表情地說：「我要先去殯儀館那邊了，昨天新來的往生者今天會安排入靈堂，所以我要先過去看看。」

方旗停止與方席恩鬥嘴，朝著吳靚莞爾，眼眸深處盡是疼惜，「小靚，妳也要適時休息，別因此累倒了。」

他也算是看著吳靚長大，吳靚對他來說也像是家人、女兒，現在吳靚的父母不在她身邊，身為和她父母共事多年的員工、朋友，他理應替他們照顧吳靚。

吳靚微微點頭，算是應允了方旗，會適時休息，不會讓自己累著。

接著，她逕自轉身離開，走出辦公室，離開公司。

在吳靚離開後，方席恩收回視線，長嘆一口氣，「唉——吳靚姐怎麼突然又變得難相處啦？明明認識這麼久了，但她對待我還是那麼客氣，而且她還是那麼愛逞強，怎麼勸都勸不聽。」

方旗抬手碰觸方席恩的頭，接著用力將她的頭髮揉亂，「齁！爸，你幹嘛啦！」

「妳還不是一樣勸不聽。有些事情我跟妳說過多少遍妳還不是一樣執迷不悟。小靚不是我的女兒，我頂多只能提醒她，但妳是我女兒，妳起碼也聽聽我的話吧！」方旗真的是拿方席恩沒轍，真不知道她是遺傳到誰，這麼愛跟他作對。

方席恩將頭偏向一邊，雙手抱胸，沒好氣地說：「爸，你就少管我一點，我都快奔三了，你還是把我當孩子看待，這樣我在別人面前會抬不起頭的。」

方旗簡直快被方席恩氣死，「方席恩，我不管妳我管誰啊？妳是想等到沒有人能夠管妳的時候才在那邊感嘆當時不珍惜嗎？」

方席恩被方旗的一席話堵得說不出話。

這句話很真實，確實如方旗說的，等到哪天方旗不再唸她，也就是他不在她身邊或是他不想再理會她的時候。

頓時，方席恩內心有股酸澀感，這才發現自己剛才在吳靚面前與方旗爭辯，對吳靚來說是種傷害，因為她已經無法再與父親這樣吵吵鬧鬧了。

她垂下頭，說話的口氣也不再那麼大聲，甚至有些哽咽，「爸……我覺得我得向吳靚姐道歉。」

方旗對方席恩情緒上突然的轉變感到莫名其妙，但聽到她想向吳靚道歉後，他似乎明白她情緒轉換的原因。

他拍拍方席恩的肩膀，「我也有不對的地方，等她回來我們一同向她道歉吧。」他頓了一下，口氣有所轉變，「這下子妳總該知道自己有多幸福了吧？」

方席恩突然轉向方旗，一把抱住他。方旗先是一楞，但等到回神後，只聽方席恩如此說道：「爸，有你真好。雖然你有的時候真的很煩人。」

方旗的手輕輕拍撫她的背，嘴角微微上揚，「妳能明白我對妳的重要性就好，但後面那一句就不必了。」

「可是你念人的功力真的很強啊！你如果可以改改愛碎碎念的壞習慣，或許我會更愛你一點。」方席恩從方旗懷裡抬起頭，傻笑了笑。

方旗無奈的搖搖頭，最終還是捨不得再多說什麼。

溫馨的氛圍頓時在辦公室內蔓延，員工們都只是默默聽著父女倆的對話，聽著聽著，嘴角也不自覺上揚。

世上有多少父女能像方家父女這般吵吵鬧鬧但感情依然融洽的呢？

或許很多，但也有人沒有這般福氣，又或者，他們自己捨棄了與家人融洽相處的機會。

抵達停柩室的吳靚，看到昨日未曾見過的女孩站在韓翊綸身邊，她走上前，女孩也朝她點頭致意，主動介紹自己，「阿姨妳好，我是韓翊家的女兒韓閔翎。」

韓閔翎，目前大一，昨日因為還在學校，是一早搭車來到此處，畢竟今天她的父親要入靈堂，有一些儀式要進行，身為女兒，她絕對不能缺席的。

此時韓翊家的妻子沈妍走進停柩室，她攙扶著一位老太太，一看到吳靚，兩人都向吳靚點頭致意。

吳靚也回禮，接著走到沈妍面前，向她說明今日的流程。

今日是大日子，有很多人會在今日送出去，所以靈堂有空位，也正好有排到韓翊家，因此今天便會將他移入。

吳靚看著沈妍攙扶著的老太太眼神緊盯著韓翊家的照片，眼角泛著淚光，想必這位老太太便是韓翊家的母親了。

白髮人送黑髮人是一件難過的事，何況有許多儀式都無法參與。只能在一旁看著，直到自己的兒子真正離開人世。

❀　❀　❀

一直到韓翃家被送入靈堂，放入移動型冰櫃，家屬最後一次瞻仰他的遺容後，一家人離開靈堂內，圍繞在靈堂外討論喪儀程序及布置。

「韓先生，關於拜飯的部分，你們要自己準備，還是要我們幫忙安排廠商在固定時間拜飯呢？」

關於拜飯，就像生物需要進食，那是因為我們會有飢餓感，而往生者即使無法真正吃到東西，卻可以靠著吸食食物的香氣作為祂們進食的方式，因此拜飯是很重要的。

除了拜飯，也需要在早上及傍晚準備一盆水、毛巾、牙刷、茶杯……基本的梳洗裝備。不單單是人需要刷牙洗臉，往生者亦是如此。

「拜飯的部分就麻煩妳安排廠商幫忙，但我們有的時候也會自己準備翃家喜歡吃的，這樣可以吧？」沈妍的口氣中帶著不確定。

吳靚用力頷首，「可以。不過因為你們是依照佛教禮俗，所以要準備素食的食物，然後直系親屬最好也吃素，看是要吃素吃一年，還是吃到出殯那一天。」

「好，我們了解了。」

「對了，冰櫃部分我們會派人定時來查看狀況。家屬如果想要看往生者的話也可以自行開櫃上的窗戶，看完之後再關上就行了。其他部分像是元寶跟蓮花的紙需要多少數量可以先告訴我，我回公司拿，等會兒就能拿過來。」

吳靚跟韓翃家的家屬討論到一個階段後，此時也到了中午用餐時間，於是她先離開，讓家屬得以休息，如果有任何狀況再打電話給她即可。

吳靚離開韓翃家的靈堂，並沒有馬上回到公司，而是繞到韻芝阿姨的靈堂那邊查看狀況。

當她抵達時，只見韻芝阿姨的大女兒及小女兒坐在靈堂外低頭吃午餐，而宏哲叔叔則是站在靈堂內，注視著韻芝阿姨的照片。

「吳靚姐。」

聽到呼喚，吳靚轉過身，看到江奕海迎面走來，手裡抱著一個小紙箱，走到吳靚面前。

「這是？」吳靚掀開紙箱，看到裡面是元寶及蓮花的紙，她闔上紙箱，「把東西放著你也可以先去休息了，你做得很好。」

原本江奕海是要跟著自己去韓翃家的靈堂那邊，但因為韻芝阿姨這裡臨時有事，所以吳靚派他先過來處理。

此時他也忙了一個早上了，也差不多休息一下，下午還有很多事要忙。

江奕海聽從吳靚的建議，將手上的箱子放進靈堂內擺放整齊後，他便先行離去，留下吳靚和韻芝阿姨的家人聊天。

「小靚，妳吃飯了嗎？還沒吃的話妳也趕緊去吃吧。」宏哲叔叔拍拍吳靚的肩膀，眼底盡是關愛。

吳靚朝宏哲叔叔莞爾，淡然回應，「我等等就回公司，我只是想再陪陪你們。」

自從韻芝阿姨頭七那天現身之後，吳靚就再也沒有見到她了。

吳靚今天會來，也是想看看韻芝阿姨是否會現身，畢竟，再過幾天，她就要被火化了。

「宏哲叔叔，三天後就是告別式，奕海有把要注意的事情告訴你們了嗎？」吳靚問。

宏哲叔叔點點頭，「有。不過他也有說叫我們不用太擔心，到時候會有人引導，對吧？」

「沒錯。到時候會場會有司儀引導，然後我們禮儀社的員工也會在旁協助，所以告別式的部分可以不用擔心。至於布置的部分，下午我會拿樣本讓你們挑選，然後花籃的部分也會在前一天移到現場。」

她瞥向從靈堂的門開始蔓延的花籃，眾多花籃，不僅是代表關心韻芝阿姨的人的致意。這些花籃散發的香氣，吸引一些蜜蜂及蝴蝶來陪伴韻芝阿姨。

宏哲叔叔的目光也望著排了兩排的花籃，嘴角勾起淺淺的笑意，「不知道姐有沒有看到呢？」

吳靚的唇角微微揚起，「她會看到的，而且，她會高興的。」目光再次飄向靈堂內。

「韻芝阿姨，妳現在是開心的，對吧。」

下午，吳靚將告別式布置的樣本拿給宏哲叔叔他們後，她跟江奕海便先移動到韓翃家的靈堂那邊。

他們一抵達，只見韓家靈堂外聚集許多人，吳靚眉頭微微皺起，加快步伐走上前去。

「請問你們是？」吳靚向其中一個男人問道。

男人聽到吳靚的聲音轉過身，看到吳靚，先客氣的向她點頭致意，「妳好，我們是翃家在學校的同事。」

吳靚一聽到對方是往生者的同事，她立刻向他們打招呼，「不好意思打擾你們，我是采靈禮儀社的老闆吳靚，也是韓先生喪儀的負責人。」

此時沈妍走了過來，越過人群，來到吳靚面前，「吳小姐，有幾個問題想詢問妳，可以嗎？」

「可以。」家屬有問題，她當然會幫忙解惑。

沈妍朝吳靚淺淺一笑，眼神瞥向韓翃家的同事們，「今天你們先離開吧，之後隨時可以來看翃家，他會很高興的。」

為首的一個男人上前拍拍沈妍的肩膀，感慨道：「沈妍，妳辛苦了。有什麼需要幫忙的地方明講沒關係，我們能幫多少是多少。」

沈妍沒有回話，只是點頭，一行人離去時，她向他們一一道謝後，便坐到靈堂外擺放的椅子上。

吳靚注意到韓翃家的兩個孩子也在，他們坐在另一邊的桌子，一邊摺元寶，一邊聊天。

「吳小姐，妳也坐吧。還有……江先生，你也別站在那裡，過來坐吧。」沈妍朝著站在外頭曬太陽的江奕海招手。

江奕海立刻走向他們，在他們一旁的位置坐下。

等到吳靚和江奕海都坐定後，沈妍才開口，「其實我剛才說謊了，我並沒有問題想問吳小姐，我只是想找個人聽我說話。」

吳靚知道沈妍心裡一定有很多話想說，但她並沒有說給方才前來上香的老師們，而選擇找她聊聊，顯然她想說的，並不是能夠輕易開口的事情。

「沈小姐，如果妳願意告訴我們的話，我們會很感激妳的。」吳靚不疾不徐地說。

沈妍沉寂片刻後，娓娓道來，「當年我跟翃家是在學校認識的。我們倆在差不多時間進入同一間學校任教，共事兩年後，在媒人婆的牽線下，我們倆結為夫妻，三年後我們有了閔翎，又過了一年，翊綸出生了，我認為我們家圓滿了，只是接下來我們之間好像不似過去那般親密，爭吵也變多了。」

沈妍就這樣不疾不徐地道出她與韓翃家的故事，而吳靚和江奕海則是安靜傾聽，讓沈妍沉浸於回憶中。

❀　❀　❀

沈妍與韓翃家的感情一直到兩個孩子出生後就開始有些改變。

韓翃家在孩子出生後考上研究所，因為白天上班，所以就只能利用晚上的時間去上課。

又因為是跨縣市，所以等上完課回到家，孩子們都已經入睡了。

沈妍就這樣自己照顧孩子，直到她回到職場，便將孩子送到婆家，由婆婆代為照顧兩個孩子。婆婆也很願意照顧孩子，因為她知道兒子及媳婦工作上都很忙碌，兩個孩子還小，她也不希望讓孩子給別人顧，所以就接下這個任務。

孩子也因為由奶奶照顧，自小就跟奶奶的感情親密，更重要的是奶奶的一手好廚藝，完全征服孩子的味蕾，兩個孩子也變得挑嘴，吃什麼都會跟奶奶煮的做比較，聽在奶奶耳裡，內心當然高興。

只是等到韓翃家從研究所畢業，原以為夜晚，他待在家中的時間會變長，但，他每次都在吃完晚餐，或是吃飯途中接到朋友打來的電話。

他總是很爽快的答應朋友的邀約，會在用餐到一半就離開餐桌前，抓過錢包及手機便出門，一直到深夜才返家，孩子們跟他相處的時間真的很短。

不僅如此，有段時間他晚上出門，在外逗留，深夜才返家，又或者根本沒回家，竟是因為他跑去遊樂場！

之所以沒回到家，也是因為他累到直接在車上睡著了。

然而，即使韓翃家將照顧孩子的責任都交給沈妍，沈妍也沒因此跟他大吵一架。

時間繼續流逝，兩個孩子長大上了國中，跨縣市讀書，需要有人載去上課，不然就是要搭校車。此時韓翃家主動說由自己接送孩子，因為沈妍有帶班，早自修時間需要看著學生，而他則是行政人員，晚進學校比較沒關係。

和沈妍討論後，決定由韓翃家早上載孩子去上學，放學後由沈妍去接他們下課。

後來他們之間達成一種默契，相處模式也不似以往那般冷漠，兩人開始討論一些非公事的事情。

但，就在韓閔翎從高中畢業的那個暑假開始，韓翃家的身體狀況開始出現問題。

從一開始晚餐總是有剩下，總說自己腹痛吃不下，起初先去診所看醫生，醫生說是十二指腸發炎，要他近期吃清淡一點，他也照做了。

往常夜裡他都會被朋友約出去吃飯或是喝茶聊天，但漸漸的，他因為身體不適，待在家的時間變長，和孩子們相處的時間自然變多。

可是，一切並不似韓家人所想的那麼樂觀。

原本抑制住的腹痛狀況再次復發，而且疼痛感比最初時更為嚴重。

沈妍不斷說服韓翃家到大醫院做更詳細的檢查，然而他只是一再拖延，彷彿不想面對現實一般，不想接受自己身體出問題的真相。

好不容易韓翃家下定決心到醫院做檢查，醫院說報告要三天後才會出來，沈妍就這樣一直等待，等到報告出爐的這天，沈妍載著孩子回到家，一回家變詢問韓翃家報告的事情，沒想到卻是得到這樣的回答……

「我今天身體不舒服就沒有出門，所以也沒去看報告。」

他說得雲淡風輕，但聽在沈妍耳裡卻是備感擔心，「你真的沒去看報告嗎？還是我現在載你去看報告，我們一起去。」

沈妍想說早點去看報告，了解韓翃家目前的身體狀況，這也好及早做治療，倘若沒問題，他又是為什麼會腹痛，這也要搞清楚才行。

然而，韓翃家卻拒絕她的提議，「明天再去看就好，不用那麼著急啦！」

他的口氣聽來很不耐煩，聞言，沈妍也是蹙眉，不悅的說：「我也是關心你，擔心你的身體真的出狀況，可你現在是什麼態度？身體是你的，你應該要積極的去面對這件事啊！」

但，就算沈妍怎麼勸他，韓翃家的態度還是那般消極，好似身體出問題的人根本不是他。

沈妍拿他沒轍，再提醒他明天要記得去看報告，這個話題也到此為止。

翌日，韓翃家依然請假在家休息，沈妍出門前再三提醒他，一定要去看報告，一拿到報告就打電話給她。

可是她等了一個早上，韓翃家一通電話也沒打給她，直至下午，沈妍有空閒的時候想起這件事，詢問當時已經高中畢業，每日都會與她到學校的韓閔翎，「閔翎，妳爸爸有打電話或是傳訊息給妳嗎？」

原本正低頭看書的韓閔翎，聽到母親的提問後，從書中抬起頭，搖了搖頭，「沒有啊，他也不會平白無故打電話給我。妳別那麼擔心啦，他應該會去看報告吧。」

結果一回到家，韓翃家竟然告訴她報告還沒出來！

「你說的是真的嗎？報告還沒出來？不是說三天就出來了，為什麼過了四天還沒出來？」沈妍對韓翃家的話是半信半疑。

醫生既然說三天後會出來，那他不可能會食言才對，然而，韓翃家卻說報告還沒出來，到底是真是假也只有他最清楚。

被沈妍一直問報告的事，韓翊家顯然也失去耐性，「我今天去醫院，醫生就說還沒出來，不然妳想我怎麼樣！我也不可能憑空生出一份報告啊！」

「那好，我今天不問你報告的事情了，那明天我叫翊飛跟你一起去總行吧！」

「我自己去就好，幹嘛還要麻煩翊飛？還是……妳認為我在說謊？」韓翊家的臉色越發鐵青。

沈妍的臉色也很難看，「有個人陪我才不會擔心不是嗎？而且如果報告出來，至少有個人可以幫忙記醫生提醒的事情。不管，反正我現在打電話給翊飛，讓他明天跟你一起去醫院。」

沒想到韓翊家卻是激動地站起身，一把奪過沈妍的手機，切斷原本已經撥打出去的電話，「不准打！我說了我一個人可以，妳為什麼要懷疑我！」

「那是因為怕你一個人去看報告，醫生在說什麼你記不得那麼多，所以有個人在身邊幫忙記，不是很好嗎？」

「但妳也要想想翊飛明天上什麼班啊！基本上我都是下午才想開車，早上我不會出門的。如果明天翊飛上中班，那他要怎麼載我？」

韓翊家說的話很有道理，但沈妍還是不放心他一個人去，「就跟翊飛說你明天要去看報告，我想他會請假陪你去的。」

可是，韓翊家的態度堅決，他堅持一個人去，不需要任何人陪他去醫院。

最終，沈妍拗不過固執的韓翃家，只好讓他獨自前往。

但，隔天下午沈妍仍舊沒接到韓翃家的電話，她只好打電話給韓翃飛，「喂，翃飛，你在上班嗎？」

「沒有，我已經下班回家了。怎麼了嗎？」

聽到韓翃飛已經下班，沈妍就放心把韓翃家要去醫院看報告卻遲遲沒有來消息的事告訴他。

「翃飛，我說的話翃家可能聽不進去，你可以幫我問他他去看報告了嗎？他比較聽你的話，你去問的話他應該會告訴你。」她頓了一下，「如果他還沒去看報告的話也麻煩你載他去，我不放心他一個人。」

「好，我知道了。我現在就打電話給他，有消息再告訴妳。」

「那就麻煩你了，謝謝。」

掛斷電話，沈妍長嘆一口氣，交給翃飛去處理她很放心，眼下就等他的電話了。

過了大約半小時，韓翃飛打來，然而，他說出口的真相，著實傷了沈妍的心。

「翃家說他早就拿到報告了。然後，他的肚子裡長了東西，醫院那邊說要幫他轉到大醫院去，明天就會辦手續。」

❀　❀　❀

其實，韓翃家早就已經看過報告，在原定報告出爐的那一天他便已經到醫院看報告了，但他卻隱瞞沈妍，隱瞞家人他知曉報告的事。

一回到家，沈妍馬上質問韓翃家為什麼沒有老實說出報告已經出爐的事，「韓翃家，既然你已經知道報告內容，為什麼要隱瞞？這件事這麼重要，為什麼不告訴我們？」

韓翃家的態度依然消極，眼睛直盯著電視螢幕，沒有望向沈妍，「我不覺得這有什麼……」

「蛤？你不覺得有什麼！翃飛都跟我說了，檢查報告上寫著你肚子裡面有長東西，可能是腫瘤，你竟然還說沒什麼？」沈妍簡直快被他氣死。

她多麼擔心他，但他卻如此踐踏自己的生命，生病了也不願積極治療，甚至想要隱瞞這些關心他的人！

「韓翃家，我現在先聯絡方老師，方老師他的親戚不是有在大醫院工作的嗎？請他幫忙安排住院檢查，應該沒問題。」沈妍不再多說，立刻從包包內掏出手機，翻找出方老師的電話，撥打出去。

當她和方老師說明韓翃家的狀況時，韓翃家依然安靜地看著電視，一旁在吃晚餐的兩個孩子也是沉默不語，只是專注於眼前的晚餐，但沈妍方才與韓翃家說的話，他們可沒漏聽。

直到晚上準備就寢時，女兒韓閔翎開口問道：「媽咪，所以明天妳跟爸爸要去醫院哦？然後爸爸會住院，是這樣嗎？」

沈妍頷首，淡淡的說：「嗯，明天早上九點我們會先到醫院去辦手續。雖然方老師說他有跟他哥哥說明我們的情況，但有沒有病床也要明天到現場去辦手續完才知道，可能還要等。」

韓閔翎兀自點頭，垂下頭，輕嘆一口氣，「唉——這個臭爸爸也真是的，都已經生病了還這麼固執，他都沒想到我們會擔心嗎？」

「韓閔翎，妳也不是第一天當爸爸的女兒，妳還不了解他的個性嗎？」躺在一旁的韓翊綸慵懶地說。

韓閔翎瞟了韓翊綸一眼，沒好氣的說：「你覺得我們的爸爸有這麼輕易讓我們知道他在想什麼嗎？」

即使他們了解韓俶家的個性，但韓俶家這個人身上帶著謎團，有許多事情他們都不知道。

「好啦，現在說這些都沒用，反正你爸生病的事情是事實，以後跟你爸爸說話時口氣好一點，多讓著他，別總是想跟他作對。」沈妍望向韓翊綸，「尤其是你，講話別那麼沒大沒小。」

「哦。」韓翊綸敷衍地回了句，接著翻身，背對著沈妍。

沈妍盯著背對著自己的韓翊綸，輕嘆一口氣。

隔天一早，一台車停在韓家門口，韓俶飛下了車，拿出鑰匙自己進入屋子。

一進入客廳，韓俶家已經清醒，坐在沙發上滑手機即使韓俶飛來了他也沒有抬起頭。

沈妍下樓後，看到韓俶飛便先向他問早，等一切準備就緒，由韓俶飛開車，三人一同前往大醫院。

故事說到這裡，沈妍便直接告訴吳靚他們韓翃家的狀況。

「翃家他住院檢查，最後醫生告訴我們，他罹患癌症，而且是肝癌末期了。發現時，腫瘤已經擴散到身體許多部位，而且連淋巴系統都長了腫瘤，治療方式，醫生不推薦化療，所以他建議以標靶治療[1]的方式做治療。而翃家住院後，面對治療有比較積極了，只是需要人照顧，所以我便請假陪他到醫院，也請閔翎幫忙，晚上再載回家。

「住院大概兩個禮拜，需要做的檢查都做完了，主治醫生說，接下來便是依靠服用標靶藥物看是否能抑制癌細胞生長。一開始幫翃家申請第一代標靶藥物，可是吃了沒什麼療效，便嘗試第二代……最後，翃家的病情已經無法控制，從知道罹癌，到過世，只過了五個月。明明正值壯年，卻因為平時沒有做檢康檢查的習慣，太慢檢查出癌細胞，所以才……」

說到最後，沈妍開始哽咽，說不出話了。

離開韓翃家的靈堂，此時湛藍的天空已經染上橙色，天邊的彩霞緩緩移動，一天又即將結束。

一天的結束興許是一個生命的誕生，也或許是一個生命的逝去。

1 標靶治療：針對癌細胞之特殊表現或轉移惡化之機轉為標的之治療，有口服及注射兩種治療。相對於化療藥物而言，標靶藥物對正常身體組織傷害較少。

吳靚也很想改善自己總是抱持負面想法的心態，但每天都在面對死亡、離別，她實在很難告訴自己要正面思考。

回公司前，她跟江奕海繞到韻芝阿姨的靈堂那邊，宏哲叔叔他們正準備離開，看到吳靚，這才想起手上的樣本，急忙交還給吳靚。

吳靚接過樣本後，問：「宏哲叔叔，你們決定好要哪種布置了嗎？」

「蓮花的那個，然後是不是還需要準備致詞？就是兒女最後要說給往生者的話。」

「對。詞的部分我會傳範例給你們參考，然後到時候看誰要講。如果怕到時候場面太凝重，情緒過於傷心，說不出話的話，我們也可以請司儀代為轉達，不過還是建議由家屬自己念會比較好，畢竟這也代表著你們的心意。」吳靚真心建議他們能夠將自己想對韻芝阿姨說的話說出口。

或許有的時候我們不太敢直接表達自己的感情，因為害羞或是其他個人因素所影響，使我們不容易將心底最深的感情脫口而出。

但有些時候，不說出口，就已經沒有機會了。

三姐妹似乎有將吳靚的話聽進去了，因為她們的臉色與一開始相比，看來更為堅定。她們圍在一起竊竊私語，吳靚知道她們是在討論致詞的部分，吳靚向宏哲叔叔確認告別式當天布置的細節。

討論完畢，三姐妹也決定好告別式當天要自己說致詞，最後決定由大姐妘芳代表，另外兩個妹妹也會陪在大姐身邊。

吳靚很高興她們做出這個決定，「那我晚一點會傳參考的檔案給你們。明天還要舉辦法會，趕緊回去休息吧。」

她向宏哲叔叔他們告別，目送他們離去。

「吳靚姐，我可以問妳一件事嗎？」江奕海小心翼翼的問。

吳靚不明白江奕海為什麼會如此小心的問她問題，彷彿他接下來要說出口的問題很嚴重一般。

氣氛一度緊張，吳靚不喜歡這樣，於是她主動改變氛圍，嘴角揚起一抹微笑，「我又不會吃了你，你就問吧。」

江奕海看來還是很緊張，他嚥了口唾沫，「那個……吳靚姐，妳願意告訴我有關妳的事情嗎？」

「我的事情？為什麼想知道？」吳靚困惑的看著他。

她不認為自己的事情會讓人產生好奇心，那些過往都不是什麼開心的事，他又為什麼想知道呢？

「就算吳靚姐現在不會接受我對妳的感情，但我還是想更了解妳這個人，想了解吳靚的過去。」江奕海不自覺拔高音量，似乎這麼做就可以緩減他的緊張感。

吳靚看他說完話後，那張俊臉瞬間泛紅的模樣，她不禁失笑，「哈哈——看你這麼勇敢說出口的份上，我也不是不能告訴你啦。」

聞言，江奕海不禁瞪大雙眼，激動地抓住吳靚的手臂，「真的嗎？妳願意告訴我嗎？」

江奕海也知道吳靚很排斥說自己的事，然而，此刻她卻願意告訴他，這令他感到無比訝異。

吳靚自己也很驚訝，只是，她為什麼會願意告訴他，她本人也不是很清楚。

她只是覺得，告訴他好像可以讓一直以來緊繃的內心有所舒緩。

❀ ❀ ❀

「雖然我很想告訴你，但我們是不是先離開這裡再說呢？在這裡說這些，好像不太妥當呢？」吳靚淺淺一笑。

江奕海先是一愣，回神後，嘴角也不自覺上揚，「好。就照妳說的。」

離開殯儀館的兩人，先回到公司拿東西，接著由吳靚開車，載著江奕海到跨區的一間餐廳。

江奕海原本想說吳靚怎麼會想在這種吵雜的環境告訴他她的祕密，沒想到這間餐廳竟然還是一間私人酒吧，而且裡頭的裝潢給人的感覺如同文青咖啡廳，一點都不像是酒吧會有的風格。

「吳靚姐，這裡是？」江奕海的目光被酒吧內的擺設吸引，完全移不開視線。

吳靚則是輕描淡寫的說：「我的個人酒吧。」

「咦？」江奕海望向吳靚，語氣充斥著不敢置信，「妳的酒吧？吳靚姐妳為什麼要設個酒吧在餐廳裡面呢？該不會這間餐廳的老闆也是妳吧！」

吳靚搖頭，無奈的說：「老闆不是我，是我朋友的弟弟。我跟老闆認識好幾年了，我也是因為想要有個獨自喝酒的空間，才請他空出這個空間給我使用。也當作是另外一筆收入來源吧，因為這個酒吧雖然說是我私人的，但有時候也會對外開放。」

江奕海看著吳靚不停點頭。

他想起之前和吳靚在海邊的涼亭喝了好幾罐啤酒依然精神奕奕，他不經懷疑，吳靚的酒量該不會就是在這裡練出來的……

吳靚也看穿江奕海的心思，不給他胡思亂想的機會，直接給予他答覆，「我很明白的告訴你，我很愛喝酒，因為酒可以麻痺我的身心，可以讓我暫時忘記那些痛苦的事。」

「吳靚姐，妳到底有什麼樣的過去呢？」江奕海板著臉，嚴肅的問。

吳靚的眼神瞥向一旁，看著當初她挑選，決定放在酒吧內的一幅畫，畫像中的女人雙手交叉擺胸前，彷彿是在擁抱自己，她閉著眼，好似睡著一般，可，只有吳靚明白，那是女人保護自己的方式。

擁抱自己，也就是要保護最脆弱的自己。

「你喜歡的人是個殺人犯……你能接受嗎？」吳靚的唇角微微勾起。

江奕海眉頭一皺，並沒有因為吳靚的一席話而慌了手腳，「吳靚姐，我只知道，妳是個好人，是個值得我尊敬的人。」

聞言，吳靚輕笑了笑，面上雖是帶著微笑，她的內心卻被他的言語所觸動，心一顫一顫地跳動，但下一秒，她那刻莫名加速的心又漸漸平緩下來。

「我一直以來都告訴你，我不像你所想的那麼好。」

「我不介意。因為我也不像妳想的那麼好。」江奕海學著吳靚說的話，但他的話語中卻不見虛假，「吳靚姐，等到未來妳更了解我後，妳一定會明白自己有多麼優秀、偉大。」

吳靚感到不以為然，即使江奕海如此抬舉自己，她也不會因此改變想法。

「你知道嗎……我並不喜歡禮儀社的工作，之所以會接下公司，也是因為我不想讓長輩多年來經營的事業化為烏有，我這麼做，也是為了我的父母。他們是多麼熱愛這份工作，我自然有必要接下這份工作。而同樣擁有陰陽眼，我不知道你對這個能力有什麼感覺，但，我其實將它當作神明對我的懲罰，我……是被詛咒的，而我，只會帶給我身邊的人不幸。」

「不是的！」

江奕海大聲的否決吳靚的話，「不是的，吳靚姐並不會帶給他人不幸，妳是個幸運的人，妳也會連帶影響身邊的人，他們會因為妳而感到幸福的！」

吳靚只是冷笑一聲，走到一旁的玻璃櫃前，打開門，從裡頭取出一瓶紅酒及兩個高腳杯。

她晃了晃手上的高腳杯，偏頭看著江奕海，嘴角帶著笑意，「你可以陪我這個酒鬼喝酒嗎？」

江奕海望著吳靚，儘管知道她此刻的笑容都是偽裝出來的，然而，他依然喜歡看到她的笑顏。

也許，只是看著她這般笑著，他也能夠感到高興……覺得那顆空虛的心靈得到一些撫慰。

吳靚一直認為父母給她取這個名字，不是為了讓她擁有什麼無止盡的生命，也不是因為她長得很漂亮或是很沉靜，父母當初給她取「靚」這個名字，只是因為與「無盡」二字的讀音相同，他們認為這是對孩子的祝福。

在國小時發現自己能夠看見那些無形的存在後，吳靚便認為她被詛咒纏身，因為在她身邊的人越來越少，先是她的好朋友，也就是三朵花之一的廖時晴在與吳靚赴約的前一天，她走在路上，被聚眾打架的人群波及，被人用鋁棒打擊腦部，腦部受到重創，送醫後經過搶救一度救回一命，但幾天後死神依然把她從人間帶走。

起初，吳靚將廖時晴會出意外的過錯歸在自己身上。當時廖時晴要出門買衣服，為了在隔天與吳靚見面時穿上新衣，象徵兩人友誼的新氣象，卻在去買新衣的路上發生意外。

吳靚覺得，若不是因為她約廖時晴要見面，她也不會發生意外，不會離開。然而廖家人卻不曾將廖時晴的離開歸咎在吳靚身上。

「小靚，妳跟時晴的感情有多好，我們一家人都看在眼裡。所以時晴會發生意外，那是因為她的命數到了，這是她的命啊！妳別自責，這樣時晴看到會難過的。」

當時廖時晴爸爸說的話深深烙印在吳靚的腦海中。

那句話也為吳靚悲痛的內心帶來一點舒緩的效果，她慢慢想開，不再逼迫自己。

只是，在那之後發生的事情，她便無法說服自己與她無關……

大學畢業不久，她決定請平時忙碌於工作的父母吃飯慶祝。

原本也叫吳若珣一起來吃飯的，但吳若珣在大學還有事情要處理，而且他從小對吳靚的態度就不是很好，很排斥跟吳靚相處，總是酸言酸語，好似他跟吳靚之間不是親姐弟，而是仇人。

老實說，吳家上上下下都不明白吳若珣對吳靚如此反常的原因，可是，他們也無法改變吳若珣的態度，因為他很有自己的個性，旁人對他的建議、提醒，他很少能聽進去的。

又因為那天慶祝大學畢業的餐會，最後變成父母的忌日，這更令吳若珣對吳靚的不滿來到最高峰，將父母出意外的主因推給吳靚，又因為吳靚在知道父母在路途出意外當場失去生命跡象後消失得無影無蹤，他更加不諒解吳靚。

而他的不諒解、他的責備，也成為吳靚一輩子的傷，永遠也無法癒合。

❀ ❀ ❀

有時候意外就是來得突然，第一次的意外可以純粹當作意外，但之後的意外便無法輕鬆看待了。

因此，吳靚過不了心裡那一關，她內疚不已，將所有的錯攬在肩上，告訴自己，「爸爸媽媽就是妳害死的，是妳帶給他們不幸，一切都是因為妳，因為妳吳靚。」

說到這邊，故事暫停了，吳靚不願接著說下去，因為再繼續下去，就像是再次剝開她根本沒有癒合的傷疤，一次又一次的傷害自己，守著的最後一條防線，會崩解的。

這已經是吳靚的第三杯紅酒，她的臉蛋泛著微紅，顯然已經微醺，但她的意識依然清楚。

她望向江奕海，發現他也正看著自己。深邃的眼眸緊盯著她，他也不催促吳靚接著說下去，他只是望著吳靚，遲遲沒有開口。

吳靚想著，若時間可以就此凝結，讓時間停留在此刻，停留在她與江奕海對望的這一刻，該有多好。

江奕海這個人彷彿能夠容納她所有的缺點、黑暗面，那他難道就不會感到害怕、悲傷，不會有那些負面情緒嗎？

「奕海，聽了我的故事，你還想繼續待在我身邊嗎？」吳靚小心翼翼的問。

如果江奕海想要逃離自己身邊，她不會阻止的，反之，她很希望他能夠遠離自己，她不想看到如此善良的他，因為自己而受到傷害，或者失去美好未來。

突然，江奕海伸出手，疊放在吳靚的手背上。

吳靚因他的舉動，身體顫抖了一下，神情有些慌張，沒預料到他會有此作為。

「吳靚，難道我表現得這麼明顯，我也多次表明自己對妳的感情，妳為什麼就是不相信呢？」說著這話的江奕海，神情透露著哀傷。

吳靚也慌了手腳，尤其看到他受傷的表情，她無法置之不理，「因為我、我不值得你這樣對我啊！」

「為什麼不值得？就因為妳認為自己會給人帶來不幸，就因為妳覺得待在妳身邊的人都會受傷嗎？」江奕海駁斥吳靚的說詞。

吳靚被他堵得啞口無言，她想要反駁他，但他說的都是她心裡所想。

「……吳靚，妳為什麼就是不肯相信自己？妳看看我，我待在妳身邊有受到傷害嗎？」

「沒、沒有。但……那可能是因為……」因為時間還沒到，但如果時間到了，江奕海是不是也會……

「我不會因為妳而遭遇不幸的！我的所有快樂、幸運都是妳帶來的，所以吳靚，妳別總是怪罪自己，妳並沒有做錯任何事！」

江奕海說的字字句句都環繞在吳靚的腦海中，一直遮蔽她內心的陰霾，好像也因為他而緩緩散去，有微弱的光芒照射進去。

她那顆冰冷的心也漸漸融化了……

也許，她可以為了江奕海試著改變自己吧。

但，有件事是無論如何她都無法原諒自己的，因為那個人，一定很恨她。

恨她為什麼要奪走她的生命。

「江奕海，既然我都告訴你這麼多了，那換我來問問你的事情吧。」

江奕海這個人身上的謎團太多，而且他每次都在逃避與他有關的事情。

她可以了解每個人都藏著一些心事不願讓人知道，但至始至終，她對江奕海的了解只知道他的年紀、和她一樣都擁有陰陽眼，此外，有關他家人的事，又或者與他更為相關的事情，她和禮儀社的大家都不清楚。

「奕海，還記得我們曾經在醫院見過面吧。當時你告訴我你有個家人住院，所以你才會出現在醫院，那你的家人現在出院了嗎？他還好嗎？」吳靚問。

江奕海澄澈的眼眸中看不出任何紊亂的波動，他只是露齒一笑，淡然的說：「他很好，已經快要可以離開醫院了，謝謝吳靚姐的關心。」

聽到他又以較為生疏的叫法呼喚她，吳靚竟感到有些陌生，此刻在她面前的江奕海好像不是真正的他，而是刻意包裝成江奕海的人。

「奕海，如果你願意讓我分擔你心裡的痛苦，你可以告訴我你發生什麼事嗎？」

她不希望只有自己接受江奕海的幫助，她也想多少幫助他的忙，在她離開之前。

江奕海的臉色看不出任何異狀，他只是平淡的開口道：「吳靚姐不需要在意我的事情，因為我終究還是會離開的，不是嗎？」

「你說離開公司嗎？」

聽到他說離開，她莫名有種感覺，江奕海隨時都有可能離開，但並不只是離開公司……他，好似要前往遠方，到她無法觸及的地方。

江奕海聽到吳靚的疑問，默默點頭，嘴角依然上揚，但眼眸深處不再是平靜止水，而是產生細微的波動起伏，「吳靚姐，我會一直走在妳的前方，請妳一定要好好看著我，好嗎？」

倏忽，吳靚不知道自己怎麼了，竟然就這樣答應江奕海的要求，只是，未來，當那一天來臨時，她才知道自己有多愚蠢，愚蠢到她在當下才明白江奕海曾說的「她有多麼幸福」是怎麼一回事。

當晚，江奕海還是沒有透露半分關於他的事。

他就像是在逃避面對這些事情，這也令吳靚更加好奇他的過往。

有時候，她走在江奕海後方，看著他厚實的背影，分明是那麼強壯有力的背影，卻給她一種，好似他曾受過嚴重的傷，亦或是，他從未敞開心懷，展現最真實的他的感覺。

他究竟藏著什麼故事，她也只能胡亂猜想，事實是如何，只有他知情。

翌日，吳靚在接近中午時出門，來到和蘇希約定碰面的餐廳外等候。

距離約定的時間還有十分鐘，吳靚望向餐廳內部，到了中午用餐時間，人潮已經開始聚集，裡頭座位大概已經坐了五成，外頭更有許多人駐足，考慮是否要推門進入用餐。

「吳靚——」

聽到呼喚聲，吳靚循著聲音的方向望去，看見大腹便便的蘇希，在身旁男人的攙扶下走了過來。

嘴角牽起一道好看的弧度，她走上前，主動靠近蘇希他們。

「吳靚，好久不見啦……咦？妳變漂亮了耶！」蘇希將吳靚上下打量一番，嘴角的笑意藏也藏不住。

不放。

吳靚靦腆一笑，被蘇希這麼說，她也難得露出羞澀的神情，蘇希感到新奇，緊盯著她

「嗯嗯，吳靚笑起來果然很好看。」蘇希一本正經的說。

吳靚噘嘴，不悅地看著調侃她的蘇希，「齁，蘇希，妳就別再捉弄我了，我們不是來吃飯的嗎？快進去吧。」

蘇希止不住笑意，若非身旁的先生提醒她，否則她根本停不下來，「哈哈……好，我不笑了……呼——好累哦，真的太好笑了啦！」

「妳都要當媽媽了，還這麼不正經。」吳靚嘟嘴抱怨道。

蘇希扶著肚子，依著形狀輕輕摸撫，「對啊，都要當媽媽的人，還是這麼活潑，畢竟這就是我嘛。」她朝著吳靚燦爛一笑。

吳靚也是無奈一笑，「嗯，果然是蘇希。」

因為餐廳是蘇希預定的，所以她跟她老公走在前頭，吳靚走在他們後方，看著蘇希與她的老公彼此有說有笑，男人也很關心她，一直提醒注意安全，眼眸緊盯著蘇希的肚子，眼底深處盡是對蘇希的愛。

一個小生命就在蘇希腹中，那是個新生命，倘若沒有經歷過離別，便無法體會迎接新生的喜悅。

曾經的她，也一度擁有這般喜悅……

第五章　賀卡，遺書

吳靚和蘇希夫妻之間的餐會進行得很成功。

蘇希大學讀的是英文系，在大學四年間便有修讀教程，大學畢業也考上正式教師，現在在某間國中擔任英文老師。而蘇希的丈夫也在學校任教，兩人會認識也是因為一個契機。

有次蘇希在學校遇到恐龍家長的威脅，是她的丈夫跳出來阻止那名家長，並替蘇希說話，再加上校方也跳出來調解，對方這才打消原本要告蘇希的念頭。

也是在那個時候，蘇希對這位男老師漸漸產生好感。

對方長相普通，但做人老實、積極，蘇希也在不知不覺中被吸引，而她也發現，對方也在注意著她。

目光總是能和他對上，彷彿兩人都在注意彼此。

之後，由男方提起交往，蘇希也向他表明自己的感情，兩人彼此喜歡，就這樣在一起了。

接著，在交往兩年後，兩人便決定結婚，兩方的家人也沒有阻止，就這樣從同事成為情侶，最後成為夫妻，現在又有個即將出世的孩子。

吳靚看著他們親密互動的模樣，心裡不免感到羨慕。

當蘇希的老公到櫃檯點餐時，蘇希向吳靚招手，讓她身體靠向自己，然後嘴巴湊到她耳邊，低語：「誒，所以妳現在還沒有對象嗎？」
「沒有。」吳靚果斷的回答。
她還以為蘇希想問什麼，結果竟然只是問她有沒有對象！
蘇希在聽到吳靚的回答，臉色馬上沉了下來，她輕嘆一口氣，感嘆道：「唉——吳靚啊，妳也該找個人陪妳了吧。妳是想要單身一輩子嗎？」
吳靚癟嘴，一臉無奈的看著她，「對啦，我就是有這個打算。」
「不行啦！難道妳都沒有喜歡過人嗎？難道妳不想當媽媽嗎？」
蘇希的疑問讓吳靚陷入沉默。
「……我喜歡一個人。」
「胡說！沒有人能夠忍受孤獨的，吳靚，曾經的妳是個笑容滿面的女孩，妳當時在學校也是很多男生仰慕的女生耶！是妳自己都沒自覺好嗎？」
吳靚的眼角抽搐幾下，她確實沒有在意異性的目光，她也並不打算在中學期間談戀愛，因為她當時的目標只放在課業，她想考上好學校，想走與父母不同的路。
她的夢想是成為一名畫家，她從以前就很喜歡畫畫，好不容易大學考上美術系，度過那段艱辛作品的艱辛時光，原想一畢業就到國外深造，也申請上美術學校，沒想到父母便發生車禍離開了。
她的人生規劃一夕間被擊碎，她開始逃避，認為只要逃避便可以讓一切化為虛無，但她還是太天真了，以至於她做出更不能被原諒的事……

「吳靚、吳靚！」

一聲呼喚拉回吳靚的神思。

她眨了眨眼，看到蘇希一臉擔憂的看著她，「怎麼了嗎？」

「還問怎麼了？剛剛我叫妳好幾聲妳都沒回應，不知道為什麼開始恍神，連聲音都聽不進去，妳到底怎麼了？」蘇希慌張地問。

聞言，吳靚垂下頭，扯了扯嘴角，卻始終無法露出微笑，「我、我只是在想事情，沒事的。」

「真的沒事？不過，就算有事妳也不會說。」蘇希早明白自己是白問的，吳靚太固執、太愛逞強，即使她出狀況她也選擇自己承擔，因為她不希望影響到他人，所以她才會自己擔下一切。

可是，蘇希認為這樣是不對的，難得見面，她就要說服吳靚改變想法，「吳靚，如果有個人陪在妳身邊，不是更好嗎？確實妳現在一個人過得很好，但我覺得妳看起來一點也不高興。妳是需要別人陪伴在妳身側的！」

除了江奕海，連蘇希都這麼說，難道她看起來真的那麼糟糕嗎？

蘇希還想繼續說什麼，但此時她的丈夫回來，察覺到氣氛不太尋常，便開口詢問，但蘇希不說，吳靚也不可能會回答，若不是他急忙轉移話題，否則這尷尬的氛圍還會持續下去。

吳靚在心底鬆口氣，但她知道下一次還會有人問她一樣的問題。

她這一路走來都是如此，每個跟她熟識的人跟希望有個人能夠陪伴她……

這一頓飯吃下來，吳靚聽了很多蘇希分享她在懷孕期間的趣事。

兩個小時過去，三人用完餐準備離開。

他們站在門口，蘇希握住吳靚的手，淚水在眼眶打轉，哽咽道：「吳靚，當年時晴出事，真的不是妳的錯，我拜託妳趕緊放下好嗎？妳、妳也可以幸福的。」

吳靚看到淚水滑落蘇希的臉龐，心裡固然難過，可她卻說不出一句話安慰她。

「吳小姐，我真心祝福妳能夠找到自己的幸福。小希真的很在意妳，希望妳能將小希的話聽進去。」蘇希的老公攙扶著低聲啜泣的蘇希，面帶微笑看著吳靚。

吳靚內心感到一股酸澀，但她卻擠不出半滴眼淚，只是一味點頭，愣愣地注視著他們。

她目視著他們離開，直到他們消失在轉角處，吳靚才轉身離去。

走到路口，停等紅燈時，耳邊響起震耳欲隆的聲響，地面劇烈晃動，若不是她及時扶著電線桿，否則她肯定像其他路人一般跌倒。

巨響消失後，緊接而來的是嘶聲吶喊。

吳靚朝著轟動的方向看去，煙霧竄上天際，越來越多人聚集在另一個方向的路口。

「那是……」那是剛才蘇希夫妻離去的方向。

吳靚感到一陣天旋地轉，她扶著額頭，雙腳一軟癱坐在地。

「蘇希、蘇希、蘇希……」她嘴裡不停喊著蘇希的名字，她在內心告訴自己要趕緊站起來，要去看看蘇希是否無恙，但是她雙腳完全使不上力，腦中全是不好的想法。

「蘇希會不會也是被我牽扯，是不是她……她會、會逃不過死劫……是不是我……」

好不容易站起身，但她的視線卻是一片模糊。她走得跌跌撞撞，被路人一撞，險些跌回地面。

此時，有人出手扶住她，耳邊傳來溫柔的嗓音，「吳靚，我在這裡，沒事的。」

吳靚緩緩抬頭，看到扶著她的手的人是不應該出現於此的江奕海，「奕、海？」

他究竟為什麼會出現在這裡？又為什麼他會在她內心最脆弱的這時出現在她面前？

他為什麼……會走入她的內心呢？

❀　❀　❀

「吳靚，沒事的，妳的朋友沒有受到傷害，他們都沒事。」

吳靚聽到江奕海的話，頓時，她也忘了去問他為什麼出現於此，他又為什麼會知道蘇希他們沒事，吳靚懸著的一顆心放下後，眼前一黑，昏了過去。

等到她再次睜開眼，外面的天色已經完全暗了下來，她感受到手被人緊緊握住，床緣陷下去，有人坐在床緣摸著她的手，注視著她。

那個人正是江奕海。

他的眼底盡是擔憂，看到她清醒臉上才湧上一絲喜悅，「吳靚，妳醒啦。」

吳靚只是和他對望，沒有開口。

手上並沒有她預料中的溫熱感，江奕海手上的溫度又比她更為冰冷，而且微微顫抖。

「奕海，你在害怕嗎？」久久，吳靚才開口。

江奕海沒有回應她的問題，而是加重手上的力道，垂下頭，身體顫抖的幅度更為劇烈。緊接著，啜泣聲傳入吳靚耳中，吳靚的瞳孔逐漸放大，不敢相信江奕海竟會在自己面前落淚。

「奕海？你怎麼……」

「先不要說話，拜託妳。」

江奕海幾近哀求的話語，聽在吳靚耳裡，心臟狠狠抽痛，她不自覺皺起眉頭，想要伸手撫摸江奕海的臉頰，想要出聲安撫他的情緒，看到他此刻的模樣，她也感到很難過。

「別哭……你哭的話，我的內心也很難受。」最終，她還是抬起手，撫上他的臉龐。他的臉龐和他的手心一般冰冷，興許他是真的嚇到了，所以才會臉色蒼白。

江奕海的手覆蓋在她的手背上，輕輕搓揉。他抬起頭，泛著淚光的眼眸直視著吳靚，「妳可以答應我一件事嗎？」

「你說。」吳靚淡然回答。

「如果哪天我離開妳身邊……請妳一定要好好活著，答應我，好嗎？」

對於江奕海的問題，她才微微張開口，準備回答，卻在一時間濃烈的睡意侵襲，她抵擋不過睡意，闔上眼，睡了過去。

等到再次清醒，微曦透過窗簾照入房內，吳靚打量房內，江奕海並不在此空間。吳靚緩緩坐起身，此時她嗅到一股香氣，隨著一陣輕微的腳步聲，江奕海出現在房內。他拎著一個塑膠袋，裡頭裝著兩個盒子，香氣便是從那裡飄出來的。

「時間還早，可以再睡一下。」江奕海將早餐擺在一旁的桌子，走到床邊，朝著吳靚淺淺一笑。

「幾點了？」吳靚已經沒有睡意，她只想知道現在幾點了，畢竟今天還要上班，她不能遲到。

江奕海仍面帶著笑容，不疾不徐地說：「六點半，離上班時間還有一個半小時。」

聞言，吳靚微微頷首，這個時間點她還可以回家一趟，畢竟她身上這身衣服從昨天到現在都未更換，回家沖澡，換件衣服再到公司，時間應該也差不多。

既然下定決心要先回家，吳靚正準備離開床鋪，江奕海卻制止她的動作，手指向一旁的早餐，「先吃完早餐再走吧，剛做好，還在冒煙呢。」

這是江奕海的心意，倘若自己拒絕的話便是踐踏他的心意，於是吳靚選擇留下來吃完早餐再離開。

在江奕海走過去拿早餐時，吳靚想起自己忽略的事情，一時間情緒變得激動，「蘇希呢？你昨天說蘇希他們沒事，是真的嗎？」

昨日才剛與蘇希夫妻分開不久，在反方向處便有事故發生，那是蘇希他們離開的方向，他們真的沒有受到波及嗎？

江奕海將早餐塞進吳靚手裡，接著蹲在床邊，淡然的說：「妳別擔心，他們真的沒事。只是蘇小姐受到驚嚇動到胎氣，她的先生怕有危險，立刻載她到醫院去，但他們沒有受傷，所以妳真的不用太擔心。」

聞言，吳靚長吐一口氣，拍拍胸脯，感嘆道：「幸好沒事，如果他們真發生什麼事的話，我可能就……」

「不要這麼說。」江奕海打斷吳靚的話。他抓住她的手，深情的望著她，「吳靚姐，即使蘇小姐他們發生什麼事，也不是妳的錯。」

「可是、可是在我身邊的人都會發生危險，我真的好怕，好怕蘇希會被我影響，會出事……」吳靚臉色蒼白，眼神完全無法聚焦。

她太慌亂了，一想到蘇希可能會發生意外，可能會就此離開，而且她肚子裡還有個孩子，一個小小生命即將誕生，就因為意外……可能就沒了。

她果然是會給人帶來不幸，待在她身邊的人都不會平安無事，那是不是到了該離開的時候了？

江奕海彷彿看穿吳靚的想法，看到一臉慌張的吳靚，他知道此時柔聲說話她是聽不進去的，那他只好拔高音量，大聲的說：「吳靚，妳沒有錯，所有的意外都不是妳造成的。妳沒有那麼偉大，妳不是聖人，妳管不了一個人的死活，所以即使我現在出了什麼事，也不是妳的錯！」

「不要！你不能出事，你不能有事！」吳靚緊抓著他的手，眼角泛著淚光，神情極為驚恐。

江奕海只是莞爾一笑，用空出來的一隻手，輕輕撫摸吳靚的頭，語調也極為輕柔，「妳是我在人世間的依戀，我不會輕易離開妳身邊的。」

等吳靚回家沖澡，換了身衣服便出門趕往公司。

早些時間在江奕海家發生的事她都記得一清二楚，儘管內心對江奕海的說詞有許多懷疑之處，但她相信江奕海不會欺騙她。

抵達公司，她又準備要到殯儀館去，這時，她突然想到先打通電話給蘇希，也當作確認她真的平安無恙。

電話撥出去沒多久便被接通，然而，並不是蘇希的聲音，而是低沉的男聲，「吳小姐，我是小希的丈夫，小希目前不方便接電話，所以由我接聽。」

「蘇希她怎麼了嗎？為什麼不方便接聽？」吳靚擔心的問。

「小希昨日動了胎氣，因為她本來預產期就在這幾天，所以我們直接住院待產。小希沒事的，吳小姐妳不用過於擔心。」

這下子，吳靚緊繃的情緒終於可以放鬆了，「太好了，幸好蘇希沒事，真是太好了。」

「吳小姐，若可以的話，能請妳幫忙祈禱小希平安生產嗎？」

「沒問題，我會在心底祈禱母子安康，祝小蘇平安誕下小公主。」吳靚的語氣不似方才那般低落，而是多了一絲喜悅。

兩人又寒暄幾句，電話另一端傳來另一名女人的聲音，又聽到蘇希的丈夫倒抽一口氣，急忙跟吳靚說：「吳小姐，小希快生了，我先到她身邊去！」

「去吧。」

聽到蘇希快生產了，吳靚內心也開始緊張。

結束通話後，她雙手合掌，閉上眼，在內心祈禱蘇希能夠順利生產，一切都能平安無事。

❀ ❀ ❀

一整個早上，吳靚在工作時總是會恍惚。她心裡十分擔心在醫院的蘇希，儘管相信現在醫療發達，蘇希在醫院會受到很好的照顧，生產時的風險會降到最低，但她還是擔心會有意外發生。

因為意外總是來得突然，而且沒有預警。

她早上先到韓翊家的靈堂那邊查看狀況，看到韓翊家的兩個孩子都坐在靈堂外摺元寶，因為有人來上香，沈妍在一旁和對方談話，吳靚原想對沈妍說的事情只好延後再說。

她看到韓閔翎及韓翊綸一邊摺元寶一邊聊天，瞧兩人的臉色，看來心情不錯，她好奇地走向他們，想了解他們的狀況。

「閔翎、翊綸，姐姐可以跟你們聊天嗎？」吳靚搬了張椅子坐到他們身邊。

兩個孩子皆看向她，韓閔翎朝著她頷首，「嗯，可以啊。」

吳靚的目光瞥向他們手上的元寶，接著又飄向一旁的推疊成堆的元寶及尚未使用到的紙，「你們很認真在摺呢，話說，剛剛你們在聊什麼聊得那麼開心呢？」

「也沒聊什麼，就在聊學校的事。」韓閔翎搶先回答。

吳靚記得韓閔翎是大一學生，而韓翊綸是高三生，她記得這段時間高三快要考學測了，而他們家這時發生狀況，難道韓翊綸沒有受到影響嗎？

「翊綸，你不是學測生嗎？那現在這樣的狀況你有辦法讀書嗎？」吳靚問。

韓翊綸倒是一派輕鬆的回答，「我已經有學校了，去年我就已經靠特殊表現申請到學校，也是因為爸爸生病的事，我需要幫忙照顧，所以從上榜後我就比較少讀書，現在這段時間又在殯儀館，媽媽也說，我不用去考學測沒關係。」

吳靚聽到韓翊綸已經有學校，而且還不去考學測，她不自覺瞪大眼眸，驚訝的說：「你這麼厲害啊！竟然不用考學測就能上大學……哇——」

韓閔翎很不服氣，氣嘟嘟的說：「他就是因為十二月就有學校可以讀，所以才耍廢到現在，超爽的。」

「我哪有在耍廢啊！我還不是要去學校上課，哪像妳在學校過得那麼爽，你們系的課又不會很累，不必動腦的，跟妳相比我更累吧！」

「哪有，你哪裡累了，你都在……」

看著兩姐弟拌嘴的模樣，吳靚想起吳若珣，她好像從沒像這樣和吳若珣吵架，原本吳若珣跟她並不像現在這般關係冷淡，但，自從父母過世之後，她與吳若珣的關係降到冰點。

他，一直很恨她，一直將她當作殺死父母的兇手吧。

吳靚扯了扯嘴角，如今，她想修補自己與吳若珣的關係，已經是不可能的事了吧。

她甩甩頭，想將腦中負面的想法甩開，嘴角揚起一抹笑意，對著兩個孩子問道：「你們的爸爸是個怎麼樣的人呢？」

即使已經聽沈妍說過她與韓翃家的故事，但她想從孩子口中，更了解韓翃家是個怎麼樣的人。

到目前為止，她都未曾看到韓翃家出現，或許他也是要到頭七才願現身吧，也有可能，永遠都不會再出現了。

她想知道韓翃家的兩個孩子對他的看法，他們的爸爸過去曾經瞞著他們在外面玩得瘋狂，那他們會討厭他嗎？

兩個孩子聽到吳靚的疑問，顯然都很不知所措。

兩人對望許久，最後由韓閔翎先開口，「其實，我爸爸他對我很好。只是我跟我弟弟都會怕他，因為小的時候只要我們不順從他的意思，頂嘴或是什麼的，他就會威脅我們要把我們趕出家門。我還記得有一次，我不知道做錯什麼，我看到他生氣，立刻衝上樓，將自己鎖在房間。我原本以為只要關在房間裡面他就打不到我，沒想到他竟然拿備用鑰匙開門，然後硬是將我拉下樓，儘管我手緊緊抓著樓梯，拜託他原諒我，他要不打算放過我。」

「最後我還是被拖出家門，他讓我跪在地上，要我罰跪在這裡不讓我進去。我哭了好久好久，哭到聲音都沙啞了，他才放我進去。但漸漸長大，我更懂得看臉色後，被罵的次數變少，他的情緒也穩定許多。」

「那妳爸爸曾經做了什麼事讓妳很感動嗎？」

韓閔翎偏頭沉思片刻，「嗯……我爸爸常給我錢讓我買東西，哈哈，講這個覺得很不好意思呢，但基本上我想去哪裡玩，我爸爸都會讓我去，像我很喜歡動漫，就會想去逛漫展，無論南北，我都想去。我還記得第一次去台北的漫展，就是我爸帶我去的。他陪著我排隊，動漫展排隊都要排超久的，他幫我出錢，還會幫我拿東西，我心裡真的很感謝他願意支持我的興趣，願意陪我北上花錢。」說著說著，韓閔翎又笑了出來。

聽到她描述自己與韓翃家的互動，吳靚聽來很欣慰，原以為他們倆對韓翃家的感受不好，但，聽到韓閔翎內心依然對父親有感謝之意，甚至很懷念與父親一同出遊的過往，她的嘴角緩緩勾起，輕輕一笑，「看來你們的爸爸是個好爸爸呢。」

從韓翃家的靈堂離開後，吳靚到韻芝阿姨的靈堂那邊與江奕海會合。

韻芝阿姨這裡下午有法會要進行，是最後一場法會，因為明天韻芝阿姨就要被送出去了。

今日她又再次見到韻芝阿姨現身。

她看著家人在自己面前走來走去，坐著時便是在摺蓮花及元寶，不然就是在她的神主牌前，雙手合掌，在心裡對她說話。

她注意到吳靚，飄到她面前，向她深深一鞠躬。

因為還有旁人在，所以吳靚不敢出聲制止她，只能看著韻芝阿姨在自己面前行禮，等到她再次抬起頭，她的臉上盈滿笑意，「小靚，妳就安心聽我說吧，最後，有些話我想對妳說。」

吳靚以旁人察覺不到的力道，輕點了頭。

「小靚，我知道我選擇自我了斷是不好的，但，等到真正離開，我反而覺得當初的決定是正確的。還活著的時候，我都看不到他人對我的關心，但自從我變成亡魂，我終於能夠看清楚家人對我的關心，我終於明白，他們是愛我的。」

為什麼人要到死後才明白家人有多愛自己呢？吳靚得不出一個答案。

她現在唯一的家人只剩下吳若珣了，至於他是否也愛著自己，她想，答案是否定的。

總有一天，等到她真正失去所有的家人時，便是她邁向盡頭的時候了……

❀　❀　❀

大約傍晚時間，韻芝阿姨的法會才剛結束不久，吳靚便接到一通未知來電。

她沒有半點猶豫，按下接聽鍵，「喂，我是吳靚，請問你是？」

「我是小希的丈夫，吳小姐，我是打電話向妳報喜的，小希她、小希她產下小公主了！」

吳靚明顯感受到電話另一端蘇希丈夫的喜悅，她也很替蘇希及蘇希的老公感到高興。

「真是太好了！蘇希跟孩子都平安無事真的太好了！」

「是啊，我也替小希感到高興，因為她有妳這麼關心她的朋友，謝謝妳，吳小姐。」

吳靚並不認為自己有什麼地方值得被他說謝謝，於是她急忙說：「不用跟我道謝，只要蘇希跟孩子平安就好。我也很感謝你們願意跟我分享這個喜悅，我才要感謝你們。」

吳靚又聽對方說了很多孩子的事，一個新手爸爸，面對女兒完完全全變成女兒控，不停跟吳靚說女兒多可愛、多漂亮，完全把一個剛出生的孩子捧在心上。

即使沒有面對面對話，但吳靚依然真切感受到對方難以掩飾的歡喜之情，「好了好了，你先回到蘇希和孩子之間吧。聽你十句話裡面有九句都說到孩子，你一定很想抱抱她吧，快去吧，去孩子跟蘇希身邊。」

對方聽在耳裡，顯然也感到有些尷尬，他傻笑幾聲，向吳靚說聲抱歉，又再向她道謝後，便掛了電話。

吳靚收起手機前，又收到一則訊息，是蘇希傳來的，她傳了一張圖片給她。

那是一張賀卡，雖然是電子形式寄給她，但吳靚依然很感謝他們願意跟她分享這個喜悅。

「蘇希，恭喜妳找到自己的幸福，也恭喜妳當媽媽了。」吳靚自言自語道。

她想，這輩子，她是找不到自己的幸福了。

因為，她已經越來越靠近盡頭……

她在離開殯儀館前，先繞到明天辦告別式的禮儀聽勘場。

現場的布置已經都準備齊全，明天，韻芝阿姨便就此離開人間，前往另一個世界。

明天，她可能沒辦法對韻芝阿姨說什麼，所以她決定利用這個時間，將內心最後想對韻芝阿姨說的感謝告訴她。

「韻芝阿姨，謝謝妳在我孤單的時候照顧我，謝謝妳在我難過時陪伴我，妳就像是我的第二位母親，現在妳離開了，我真的、真的覺得……好難過，我好難過……你們都離開我身邊了，為什麼你們都離開了……」吳靚捧著臉，蹲下身來。

她在禮儀廳待了一陣子才離開，而她不知道的是，禮儀廳內，躲在角落並未現身的韻芝阿姨，正掩面哭泣著。

她也早已把吳靚當作自己的女兒般看待。

一週後，禮儀社的工作依然忙碌。

送走韻芝阿姨的隔天，馬上又有人進入她原本待的靈堂。

本就是如此，送走一個又會有新的往生者被送進去，反反覆覆，毫無止境。

這段期間，她讓江奕海去考禮儀師的考試，不出所料，江奕海順利取得證照，不再是見習禮儀師，而是真正的禮儀師了。

在他取得證照這一天，公司員工本想幫他辦慶祝會，要到餐廳聚餐，然而，江奕海卻婉拒他們的好意。

「不好意思，家人最近的身體狀況不太好，我還要回去照顧，恐怕沒辦法……」江奕海說著說著，頭不自覺垂下。

突然有隻手放上他的肩膀，重重一拍，江奕海瞬間抬起頭，迎上方旗的眼眸，「旗叔？」

「奕海啊，家人的事要緊，聚會的事以後還可以辦，不著急的。所以你別覺得對我們很抱歉，畢竟你也有要緊事要處理嘛。」方旗笑著說。

「是啊。」又有另一隻手搭上江奕海的肩膀。

吳家丞也是一臉笑意，一派輕鬆的說：「奕海，慶祝這種事情什麼時候辦都可以，但與家人相處一事，是怎麼也無法拖延。你不用對我們感到愧歉，知道嗎？」

「好。」江奕海臉上的陰霾一掃而去，取而代之的是淡淡的笑容。

吳靚在座位上看到這一幕，嘴角也不自覺上揚。

看著江奕海越來越融入這個圈子，他也已經考上正式的禮儀師，那他會遵守過去的諾言，待在這裡工作，不離開嗎？

果然，有人也想到這個問題，開口問，「誒，奕海，那你現在不是見習禮儀師，你有打算去哪裡嗎？還是說你要繼續留在這裡？」

問題一出，全辦公室的人的目光全看向江奕海，等著他開口回應。

江奕海卻是一臉淡然，莞爾一笑，不疾不徐地說：「是這裡栽培我，讓我在這裡學習，每一位前輩也不吝賜教，將自己會的傳授給我，我真的很感謝這裡的氛圍及前輩。」

他頓了一下，長吐一口氣後，說：「我想要繼續待在這裡，我不想跟大家分開，我……我很喜歡這裡的每個人，我真的、真的很感謝你們。」

話說到一半，江奕海便開始哽咽，說到最後，他落下淚來，還要讓旁人安撫他的情緒，他的情緒才逐漸平緩，淚也止住了。

聽到江奕海選擇留在采靈，吳靚也在心底鬆口氣。

「老闆，既然奕海選擇跟我們繼續工作，他就是我們的一份子了，身為老闆，妳是不是該說點什麼呢？」

「對啊，老闆，江小弟這陣子都跟在妳身邊學習，如今徒弟如此重情重義，留在這裡繼續跟我們奮鬥，妳是不是有什麼話想對他說呢？」

眾人催促著吳靚，吳靚輕咳一聲，從座位上站起身，緩緩走向江奕海，來到他面前，雙眼直視著他。

「奕海……恭喜你加入采靈，正式成為采靈的員工。我也要感謝你選擇留下來，謝謝。」吳靚向他微微欠身。

江奕海一看，雙手急忙扣住吳靚的肩膀，制止她的動作，「吳靚姐妳別這樣。應該是我要感謝妳願意給我機會跟在妳身邊學習，所以吳靚姐不用向我道謝，真的不用。」

聞言，吳靚扳正身姿，嘴角帶著淺淺的笑意，「嗯，但我還是想跟你說聲謝謝。」

謝謝江奕海遵守當初的諾言，他說不離開，就真的不離開。

但，未來的某天，他還是消失在她的世界了。

❀　❀　❀

在韻芝阿姨離開後，因為江奕海已經順利成為正式的禮儀師，所以吳靚可以沒有顧慮的將案子交給他處理。

在那之後，吳靚的手上又新進了幾個案子，少了江奕海的幫忙，她也變得更為忙碌，而她目前準備要送出去的便有兩個案子。

一個是位高齡九十歲的長輩，一位是韓翃家。

依照傳統流程進行，韓翃家已經到了儀式的最後，再過三天便要辦告別式。

這段期間，吳靚到他靈堂的次數也略微提升。

她很喜歡跟韓閔翎及韓翊綸這兩個孩子聊天，總覺得他們倆在面對父親離開這件事並沒有太過悲傷，她也有問過他們是否會難過，她得到的回覆是如此——

「難過是一定有的，但可能就是從爸爸生病，而且知道他是癌末的那一刻起，我們就已經有心理準備了吧。」

若已有心理準備，等到真正離開的那一刻，悲傷感，或許沒有預期般的那麼多吧。

韓翃家過世的那一刻，韓翊綸也在現場。

那天是星期日，韓閔翎由沈妍開車載到火車站時，韓翃家的狀況突然急轉直下。

他突然喘不到氣，全身不停抽搐，當時韓翃飛也在現場，他趕緊叫韓翊綸打電話叫救護車。

救護車來了，沈妍也正好回到家，看到韓翃家被送上救護車，她也急忙坐上韓翃飛的車趕往醫院，至於韓翊綸則留在家裡等候。

「當時我才剛搭上火車，拿著手機滑限時動態到一半，我弟便打電話給我，我接起後，他告訴我爸爸剛剛被救護車送往醫院，當下我的心情很複雜，我就在想，剛才離開家時，我還跟他說再見，沒想到那一句話就是我對他說的最後一句話了……因為當時我已經搭上火車，隔天又要上課，我弟說，媽媽希望我先專心上課，有事情再跟我聯絡。」

「我到了學校，心裡還是掛念著爸爸，隔天早上我上完課，想說傳訊息問一下翊綸爸爸狀況如何，我問他，爸爸還好嗎？現在病情穩定了嗎？但是他卻回覆我『爸爸都已經走了，妳問再多也沒用了。』當我看到這個回覆，我很震驚，因為，我真的再也無法跟我爸爸說話，再也沒有辦法聽到他叫我的綽號，再也沒辦法……」

吳靚張開臂膀，將韓閔翎擁入懷裡。她的手繞到她的背後，輕輕拍打，「我都明白，閔翎，妳跟翊綸都辛苦了，還有妳的家人，無論是妳媽媽、叔叔、奶奶、伯伯他們，都辛苦了。」

她看遍生死，她最親愛的父母也離開人世了，她能明白家屬的痛，也能明白他們的不捨。

韓翊綸說，韓翃家離開時他也在現場，代表他是看著自己的父親被醫生判定為死亡，看著父親被推上靈車，看著父親被推進冰櫃，還是個學生的他，就已經親眼目睹生命的逝世。

「即使你們爸爸離開得早，但，他在另一個世界，依然會保護你們平安長大，有想說的話，就在告別式當天直接告訴他吧。」

吳靚聽說這兩個孩子在最後，為他們父親做了一些事情。弟弟韓翊綸因為擅長書法，還要親手寫《心經》燒給韓翃家，致詞的部分則由姐姐韓閔翎負責。

她說這些，也是給韓閔翎一些方向。讓她把想對父親說的話化做文字，在告別式那天，親口說給父親。

因為江奕海有自己的案子要處理，所以吳靚碰到他的次數降低許多。

但是在韓翃家告別式這天，他卻出現了。

「奕海，你怎麼會出現在這裡？」吳靚等到江奕海走到面前後，問道。

江奕海先抬手抹去額上的汗水，才回答：「韓先生也算是我見習期間的案子，既然他今天要離開，我也想送他一程。」

吳靚微微頷首，明白江奕海的意思了。

韓翃家案子初期，江奕海為這個案子付出的心血較多，想必他也跟沈妍及韓翃家的兩個孩子聊過，也建立起一些默契，他想幫吳靚的忙，一同完成今日的告別式，吳靚當然不能拒絕。

「那等會就麻煩你幫忙引導前來公祭的來賓，因為會有不同團隊的人一起來，我這裡有請沈小姐列一份清單，上頭有列出會前來公祭的團隊。可能是同事，也有可能是不同領域的朋友。反正你就請他們依照清單上的順序排好，等到司儀叫到團隊名後再進來。」吳靚將塞在口袋的清單遞給江奕海。

江奕海接過清單，快速掃了清單上的文字，接著將之收進口袋，「吳靚姐，這部分我會處理好的，妳還有很多事情要處理吧，外面就儘管交給我。」他拍拍胸脯，信心十足的模樣。

吳靚對他也很放心，「就交給你了，我相信你沒問題的。」

語畢，她便走回禮儀聽，禮儀廳內準備進行家祭，她必須待在現場確認儀式是否順暢。

家祭便是由與韓翃家有親緣關係的家人先進行祭拜，連沈妍那一方的家人也出席了。

首先由沈妍帶著兩個孩子來到禮儀廳前方，先感謝每一位前來參加公祭的家人，接著又轉面向韓翃家的照片，一人拿著香，其餘兩人拿著水果及鮮花向韓翃家一拜。緊接著，吳靚接過沈妍手中的那炷香，請她先回到位置上，接下來的儀式是屬於兩個孩子的。

兩個孩子手上的水果及鮮花也已經被放置在前方的長桌，司儀請他們跪在地上，向韓翃家行三跪九叩之禮。

看著兩個孩子穿著孝服，依循著司儀的指示起身、跪下、叩禮，吳靚不禁想起當年自己父母去世時，她沒來得及參與的流程。

兩個孩子完成三跪九叩之禮後，接下來的儀式是由韓閔翎致詞，表達她對韓翃家的養育之恩。

韓閔翎從司儀手中接過麥克風，又從口袋掏出早已皺巴巴的紙張，上頭寫著她事先寫好的致詞文字，她微微開口，說沒幾句便開始哽咽，甚至破音，但沒有人會嘲笑她，因為即使她出糗，卻是她最直接表達內心感謝之意的方式。

「我最親愛的爸爸，謝謝你對我們的照顧。再也沒有機會聽到你叫我臭姐姐，再也沒有機會拜託你帶我去台北逛動漫展，有許多感謝沒來得及對你說，你便已經離我們而去。

你也知道我的書法寫得不是很好，參加比賽的成績總是輸給弟弟，但你卻告訴我，你覺得我寫得比弟弟漂亮，你要我繼續加油，不要放棄。你知道這句話對我來說是多大的鼓勵嗎？即使比賽沒有得獎，但有你這句話我便感到高興不已，因為你的肯定，我很高興。

爸爸，你已經沒有病痛了，你也不用擔心我們，我跟弟弟會照顧媽媽跟奶奶，你可以放心離開。爸爸，即使你已經離開我們，但你會永遠活在我的記憶裡，身為你的女兒我很驕傲，我愛你。」

❀ ❀ ❀

韓閔翎說完致詞後，身體完全無法停止顫抖，若不是吳靚走上前將她攙扶起身，否則她根本無法自己使力站起。

司儀請兩個孩子各站一邊，男左女右，等到就定位後，又請他們跪下。

因為待會前來祭拜的家人會先以輩數較長的開始，他們要跪著向前來祭拜的長輩道謝，若是輪到他們的平輩親人，才可以起身。

吳靚就站在韓閔翎的後方不遠處，有些前來祭拜的家人會說向韓翃家說一些話，每當他們說完話，她的心裡不免有些感觸，更別論韓閔翎了。

她看到韓閔翎的身子不停在顫抖，好不容易止住的淚水又再次潰堤，站在後方的她也能聽見她的啜泣聲，吳靚抽了幾張衛生紙遞給韓閔翎。

韓閔翎接過後，小心翼翼地擦拭淚水，但過沒多久，她手上的衛生紙都濕透了，她又向吳靚索取衛生紙，神情看來很不好意思，但吳靚並不介意，抽了一大疊衛生紙放到她手中。

「想哭就哭沒關係，不會有人取笑妳的。」吳靚低聲說道。

韓閔翎微微頷首，握緊手中的衛生紙，抬手隨意抹去淚水，吸了吸鼻子，堅強的模樣令吳靚看了十分不捨。

但，這便是人生，生死離別是必然的，她只是比較早面對這件事罷了。

在家祭及公祭都結束之後，接著便是準備將韓翃家送去火葬場。

除了親戚，其他友人都先離去，因為接下來的儀式是屬於韓家人。

江奕海從外頭走進禮儀廳，「吳靚姐，禮車已經在後方等候，我先請人把韓先生送上車。」

「好。我等等就會把家屬帶過去火葬場那邊，你就先過去吧。」吳靚淡淡地說。

江奕海又立即轉身離去，吳靚看著他離去的背影，頓了片刻，她再次走向韓翃家的家屬，準備帶領他們到火葬場進行最後的儀式。

當韓翃家的告別式結束，吳靚拖著疲憊的身軀回到公司。

她將背貼在椅背上，仰頭長吐一口氣。

早上在告別式現場，她也渲染了現場的情緒，忍不住落下淚來。

她好久沒有在告別式現場落淚，或許是因為這次的案子她特別有感觸吧。

不過，至始至終，韓翃家都不曾現身，吳靚內心僅有一個猜測——韓翃家必然是已經放下對這個世界的牽掛。

要如何在離開時不帶任何遺憾的離開呢？不對，韓翃家真的了無遺憾了嗎？

恐怕答案就只有他本人知情，旁人無法替他回答，也沒資格。

吳靚在位置上休息一段時間後，辦公室的人也離開得差不多了。

此時，江奕海踏進辦公室，看到吳靚還待著沒有離開，好奇的問，「吳靚姐，妳怎麼還沒回去呢？現在已經快要七點半了呢。」

「你呢？你才剛從公塔那邊回來嗎？」

在拿到韓翃家的骨灰後，韓家人帶著他的神主牌及骨灰罈前往公塔，江奕海當時自告奮勇要跟著前往。

韓翃家的骨灰罈預計放置的公塔距離這裡有很長一段距離，或許是因為公塔那邊還有個入塔儀式，又因為路途較遠，所以他回來的時間也較晚吧。

果然，江奕海表示自己確實剛從公塔那邊回來，他詢問吳靚是否要跟他一同去吃晚餐，吳靚思考半晌，最後答應了。

然而，就在她關閉電腦，收拾好東西準備跟著江奕海離開時，她突然接到一通電話。

手機上未顯示來電人的名字，是一通未知來電。

吳靚猶豫片刻後，按下接聽鍵，「喂，你好，請問你是……」

「請問是妳是吳若珣的親人嗎？這裡是警察局，吳若珣先生因為吸毒的原因被我們警方帶回警局調查，據調查，妳是吳若珣目前唯一的親人，請問妳方便現在到警局一趟嗎？」

吸毒！

吳靚在聽到警察說到「吸毒」二字，而且吳若珣現在就在警局，她腦中一片空白，甚至感到一陣暈眩，但江奕海卻及時攙扶住她，將她扶到一旁的椅子坐下。

因為通話仍在進行，吳靚以口語向江奕海道謝後，調整好呼吸，穩定心緒後，開口道：「我這就過去，請告訴我是哪個分局，我立刻趕過去。」

警察向吳靚報出分局名稱，吳靚向他再三感謝後，馬上起身，向江奕海說：「奕海，我對你真的很抱歉，我弟弟他現在在警局，所以吃飯的事恐怕沒辦法……」

「沒關係，吃飯的事情可以以後再說，吳靚姐還是先去警局吧，辦公室這裡我來關電源就好，吳靚姐快去吧！」

「謝謝你。」向江奕海道謝後，吳靚拎著包包快速跑出辦公室。

她一心想著要趕緊到警局，要趕緊見到吳若珣。

為什麼每次和吳若珣久違見面的場地都是那般特別，上次是在醫院，這次是在警局，他到底為什麼總是要讓她擔心？

吳靚在攔車處攔了一輛計程車，報出派出所分局名稱，司機確認地址後，發動車子，車子穩穩的行駛在路上，然而吳靚的內心卻是七上八下。

當計程車抵達警局門外，吳靚付了錢便匆忙下車。

她快跑進警局，一踏入警局向駐守櫃檯的警察慌張地問：「我是吳若珣的親人，請問吳若珣他現在在哪裡？」

坐在櫃檯前的警察低下頭，手指快速在鍵排上移動後，抬首，對吳靚說：「吳靚小姐是嗎？吳若珣先生準備要送到戒治所，剛才檢察官經過調查及判斷，認為被告有再犯的可能，因此裁定其至戒治所進行勒戒。」

吳靚聽到吳若珣要被送到戒治所，她緊張地抿著下唇，臉色刷白，神情越想焦慮，「那、那我現在可以跟他說說話嗎？我……能見他嗎？」

她想要儘量幫助吳若珣，即使知道機率微乎其微，她還是想試試看。

重點是，她想知道吳若珣到底從什麼時候接觸到毒品。他也還沒大學畢業，都已經快畢業了，為什麼他要鋌而走險，為什麼要碰毒品呢！

有一名警察帶著吳靚來到接見室，吳靚做到位置上沒多久，吳若珣被人帶進接見室，吳靚一看到他，完全無法抑制內心的激動，「若珣！」

吳若珣一看到吳靚，完全沒有掩飾他對吳靚的厭惡之情，「妳來做什麼！我跟妳早就沒有任何關係，妳為什麼要出現在我面前！」

「若珣……我是你姐姐，你現在遇上困難，我當然要幫你。」

「幫我？哈哈哈──妳說妳想幫我？妳想怎麼幫我？我是因為吸毒被抓，難不成妳能讓我離開警局嗎？妳根本就無能為力，妳憑什麼說妳想幫我！」吳若珣朝著吳靚怒吼。

吳靚的身子顫抖好大一下，她擺在大腿上的雙手緊緊握成拳頭狀，咬著下唇，壓抑怒火，說：「吳若珣，我是你唯一的親人了，你可以不要這麼無情嗎？你為什麼要糟蹋自己的人生？你就這麼想看到我難過嗎？」

只見吳若珣抽了抽嘴角，冷笑一聲，「呵，沒錯，我就是想看到妳這副模樣。妳現在這種痛苦不已的模樣就是我想看到的！」

「吳靚，我真的很恨妳！」

❀ ❀ ❀

吳若珣說他恨她，他寧願待在警局，寧願被帶去戒治所也不願接受她的幫助。

「若、珣，你需要什麼幫忙我都可以幫你，但……請你不要推開我，好嗎？我們是家人……」吳靚苦苦哀求他，她是真心想幫助他，也想了解他為何會走偏，為什麼一個從小乖巧的孩子會變成現在這副模樣？

「我說了，我不需要妳的幫忙。吳靚，我從不後悔自己碰觸毒品，我也不後悔自己恨妳，因為妳，我失去爸爸媽媽，我才不管其他家人是怎麼說，但我就是認為爸爸媽媽之所以會離開都是因為妳！」吳若珣咬牙切齒地瞪著吳靚。

吳靚早知道吳若珣將自己視為仇人，就因為她，所以他在國中時便失去父母。在失去父母的這段期間，他都是由父親那方的親戚照顧，她也見不到他，不，是他不想見她。

儘管父母過世到現在也已經過了六年，然而，他卻沒有放下對她的恨意，反倒將之變成報復她的工具。

吳靚看著他，彷彿看著一個陌生人。明明過去還會以姐姐稱呼她，如今已是連名帶姓的稱呼。

吳若珣看到吳靚仍呆坐著，絲毫不打算離開，他緊皺眉頭，拳頭握緊，憤怒地拍打桌面，「欸！妳還要繼續待在這裡嗎？我被關多久都不關妳的事，妳對我來說根本不是姐姐，妳是害死父母的兇手！我永遠都不會原諒妳的！」

吳靚的心涼透了。

她已經那麼努力想要挽回吳若珣的心，想讓他明白她是真的關心、在意他，但她做再多，一切都白費心力。

她扯了扯嘴角，望著吳若珣憤怒的眼眸時，瞬間，她好似看見有兩個人站在吳若珣身邊。

她身體僵住，眼眸逐漸睜大，「不、不會的，不是，不是我害的，不是我，不是我——」她突然抱頭嘶吼，不停扭動身軀，淚水完全無法控制地湧現。

有好幾名警察趕緊將她帶離接見室，並將她帶進警局的休息室休息，有女警陪在她身邊安撫她的情緒。

然而，此刻的吳靚彷彿聽不進任何話語，方才她看見的身影，至今仍無法忘懷，耳畔甚至迴盪著熟悉卻又陌生至極的聲音。

「小靚，媽媽根本就不想死，我還不想死啊！」

「小靚，妳沒資格笑著生活，妳害死我跟媽媽，妳要一輩子帶著愧疚活著，妳不能忘了我們是因為妳而死的！」

吳靚緊閉雙眸，用力按著腦袋。

她頭痛欲裂，一時間有大量不知從何而來的聲音竄入耳中。

那些話無不提醒她，自己是個多麼可恨的人。

廖時晴、她的父母，她最重視的人，都因為她而離開。

她是不幸的存在，她、她必須離開眾人，必須趕緊離開。

她伸手拉了拉女警的衣袖，「不好意思，我想要回家了。」

「妳的情緒穩定了嗎？需不需要再休息一下？」女警好心地問。

吳靚用力擺頭，堅定地說：「不，我現在就想回家。謝謝妳的關心，但我已經沒事了。」

聞言，女警這才帶著吳靚離開休息室，並目送她離開警局。

離開前，她還特別詢問吳靚是否要幫她叫計程車，吳靚婉拒了，表示自己會想辦法回去，接著又向女警再次道謝後轉身離去。

她漫步在燈火通明的街道上，現在的時間正是熱鬧的時段。路上車輛、行人都很多，圍繞在耳邊的嘈雜聲卻完全入不了她的耳畔。

她現在唯一能聽見的是從在警局開始便一直纏著她的嗓音。

有男有女，其中也夾雜著她父母的聲音。

他們雖是以熟稔的稱呼呼喚她，但，那字字句句都如同一把利刃，狠狠戳進她的內心，彷彿也一點一滴撕毀她的靈魂。

她可以忍受吳若珣以尖酸的文字傷害自己，但，以父母的口語責備她的不是，指責她是罪人，她的內心真的很難受……已經快要堅持不住了。

走著走著，她就這樣走回公司。

雙腳痠痛，因為走了好長一段路，又因為腳下穿的鞋子並不適合長途行走，所以腳趾好像破皮出血了。

但，她像是感覺不到疼痛似的，在走進公司前，向值班的警衛點頭示意，拖著疲憊的身軀及殘破不堪的心靈走進辦公室。

辦公室內空無一人，唯一的光芒是逃生指示標的綠色光線。她在辦公室內繞了一圈，將每個人的位置都看過一遍。

有些人的桌面上擺著愛犬或是愛貓的相片、喜歡的偶像團體或是偶像的照片、家族合照，或是與寶貝孩子的合照。

接著，她走到江奕海的位置。

江奕海位置的桌面非常乾淨，並沒有擺放任何東西或是像別人一樣擺置照片，如同她一樣。

她的手撐在桌面，想像江奕海坐在位置上的模樣。

她知道他坐在位置上的時候總是偷偷瞥向她的方向，吳靚依然記得有一次他們的視線在空中交會，他瞬間被抓包的神情她仍然記得一清二楚。

那微微泛紅的臉蛋，慌張的眼神，以及當時自己嘴角牽起的弧度，她都記得。

「奕海，抱歉……」他遵守諾言留下來了，但卻變成她要離開了……

吳靚又走回自己的位置，坐了下來，並從抽屜內翻出一張廢紙，將之翻至背面，又從抽屜拿出一隻藍筆，關上抽屜後，便開始低頭書寫。

寫完後，她將筆收回抽屜，將那張紙擺在桌面，莞爾一笑。

「再見了我的同事，再見了我的朋友，再見了這個世界，再見了……江奕海。」

翌日上班時間，直到鄰近遲到的時間，才有人開口問：「吳靚姐今天進公司了嗎？」

此話一出，眾人這才發覺一絲不尋常。

「我來公司前有先繞去殯儀館看看，但我沒看見吳靚。」許家丞說。

方席恩急忙走出辦公室，過了一會兒再次走進辦公室的時候，她一臉鐵青，對著同樣著急的眾人說道：「我剛剛去問過警衛，警衛說吳靚姐今天還沒進公司，不過她昨晚下班又回公司一趟，在辦公室待了一段時間才離開。」

聽方席恩這麼說，江奕海急忙跑到吳靚的位置，這才注意到擺置在桌面角落的一張紙。

其他人也聚集到他身邊，目光都聚焦在江奕海手中，吳靚留下的一張紙。

紙上短短幾行文字，卻透露出吳靚對這個世界感到絕望，對這個世界沒有依戀。

「我無法瀟灑地向大家說再見，我很膽小，我沒辦法面對面跟大家道別。很感謝大家對我的照顧，我知道我的不告而別會造成公司很大的困擾，我的手上甚至有尚未完成的案子，我是個自私的人，就這樣把案子丟下自己離開，真的對大家感到很抱歉。我即將前往盡頭之處，未來，或許我們還會再某處見面，若你們有認出我，我們再當朋友吧！」

這是一封遺書，是吳靚在這個世界留下……最後的痕跡。

第六章　盡頭，來生

讀完吳靚留下的遺書，眾人皆是錯愕，甚至有人想要報警，請警方趕緊去找尋吳靚。

在場的每個人都知道吳靚多年來背負多麼沉重的過去。她抱持著愧疚過日子，將父母留下的工作視為她人生的目標，如今，不知道是什麼原因打破吳靚一直以來維持的平衡，這才讓她留下這封遺書，選擇離開公司，躲到他們找不到的地方。

「吳靚姐應該不會真的要做傻事吧？」方席恩臉色慘白，小心翼翼的問。

「小靚她在這一行也做了好幾年，她應該很明白生命可貴，我想……她不會做傻事的。」語畢，方旗深深嘆了口氣。

其他人的臉色也蒙上一層陰霾，心裡面雖然相信吳靚不會做傻事，但，吳靚內心到底怎麼想，誰也猜不透。

江奕海將吳靚的遺書握在手中，他垂下頭，低語：「我會找到吳靚姐的。」

語畢，他不做逗留，邁開步伐，步出辦公室。

其餘人想攔也來不及，就這樣看著江奕海離開，而方才聽見他低語的方席恩及方旗，則是相信他一定能找到吳靚。

望著太陽從地平線升起，這是她第一次看日出，但，好像也是最後一次了。

她無法再說服自己要正面思考，要替吳若珣著想，別讓關心她的人難過。她已經顧不了那麼多，滿腦子充滿負面情緒，過去她曾聽過的咒罵、指責充斥在腦中，揮之不去。

她痛苦的彎下腰，雙手交叉，抱著自己。

海浪拍打礁石的聲響，海風呼呼的吹著，鳥兒在空中展翅飛翔，發出悅耳的叫聲。彷彿在演奏一場自然界的交響曲，就在吳靚面前上演。

然而，吳靚的內心已然被黑暗籠罩，那些美好的事物完全無法進入她的內心。

太陽已緩緩升上天空，吳靚看了一眼手機。

八點半了。

此刻應該是她上班的時間，但她卻翹班，而且未來應該也沒機會再走進采靈的大門。

吳靚將身上的貴重物品全部放在原地，接著起身，赤腳踏上沙灘。

在太陽的曝曬下，沙子的溫度逐漸提升，吳靚面不改色地走著，緩緩走向大海。

當她的腳丫子浸泡在冰涼的海水中，她的面前是一望無盡的大海，距離她的盡頭之處越來越接近了。

她一步一步地走著，海水從她的小腿、大腿、腰間、胸口，直至頭頂都淹沒在海水中，她任憑自己的身軀向下墜落，也漸漸失去意識。

在最後一刻，有個身影從她腦海中一閃而過，分明被大海包圍，卻有一滴淚從眼角湧出後，朝著水面竄升。

「奕海，對不起。」
「我已經找不到活下去的勇氣了。」
吳靚眉頭深鎖，抗拒回應對方的呼喚，不想脫離夢境。
可是一道強光照耀，迫使吳靚不得不睜開眼探個究竟。
分明方才是一片黑暗，但此刻卻是光芒萬丈，而睜眼後，眼前的景致更令她驚奇不已。
溫和的風吹拂臉龐，眼前是一條泛著晶光的道路，在道路的盡頭有個模糊的身影朝她伸出手。
「吳靚……吳靚……」
「吳靚……」
又是那一道溫柔的嗓音，方才便是這個聲音呼喚著她。
吳靚低頭看著泛著晶光的道路，又看向盡頭模糊的身影。
她不自覺吞了口唾沫，心裡莫名感到緊張。
每個人的生命盡頭都有個人在等著你，吳靚不免好奇，她的盡頭之處，有誰在等著她呢？
那個模糊的身影究竟是誰？
她的腳一踏上閃閃發亮的道路，一步一步緩緩走向盡頭。
她越是靠近盡頭，站在盡頭之處的身影越發清晰，但她依然看不出對方是誰。
直到她終於來到對方面前，她竟發現，在盡頭等著她的竟是他！

吳靚一臉不敢置信地看著他，「弈、奕海？你怎麼會在這裡？」

令她更為驚訝的是，江奕海正抱著一個女孩，女孩一看到吳靚，稚嫩的臉龐瞬間浮現出笑意。

「媽媽。」

這一聲媽媽令吳靚倒抽一口氣，臉上瞬間沉了下來。

她從沒忘記自己做過的事，更不曾忘記自己曾經是個媽媽。此刻，江奕海抱著的女孩便是她親手殺死的生命，是她的親手骨肉，是她的孩子。

在父母過世那天，吳靚因為自責、愧疚，選擇躲起來，躲到親人都找不到的地方。

她的思緒混亂，拿著身上的錢住進一間平價旅館。早上她將自己關在房內，屋內一片漆黑，她裹著棉被，躲在床鋪邊緣，眼睛爬滿血絲，面容邋遢，根本就不像剛從大學畢業的女孩。

夜晚降臨，她為了覓食而離開房間，此時的她稍微梳理自己的外表，至少旁人看了不會感到怪異。

她以便利商店的加熱食品為食，買完晚餐又關回旅館，埋首吃完晚餐過後，倒臥在床鋪，蜷曲身體，一想到今日原本自己要跟父母一起慶祝大學畢業，卻成了父母的忌日，而且她身為長女，卻躲起來，不願去面對其他家人。

因為父母會出事都是因為她。如果她沒有約他們去吃飯，他們就不會在路上發生車禍，不會就這樣離開，都是因為她帶給他們不幸，是她奪走他們的性命！

她將臉埋進棉被裡哭泣，眼淚浸濕了棉被她也毫不在意，只想放聲哭泣，以為這麼做便可以減緩對父母的愧疚，以為這麼做胸悶的感覺便會消散，然而，在深夜時分，當她看見兩個熟悉的身影後，她的世界就此崩解。

「小靚，不是妳的錯，妳別自責，妳這樣媽媽看了也會難過……」

「小靚，妳媽媽說的沒錯。這真的不是妳的錯，或許只是我們的命數已到，還記得我說過的嗎？生死簿上記錄著我們每個人的命數，看來今天我跟媽媽本來就難逃一劫，所以妳千萬別自責，妳沒做錯任何事。」

蜷曲在床鋪角落的吳靚，在深夜看到父母出現在床鋪前方，他們全身上下都是血，身體有多處傷口，額頭更是掛著血痕。

他們蒼白如紙的膚色，與印象中向來健康的外貌形成極大對比。

吳靚驚聲尖叫，僅抓過錢包及手機便逃出房間。

因為電梯仍停留在高樓層，因此她直接跑下樓梯，她不時向後看，深怕方才出現在房內的亡魂會跟上來。

而好幾次向後張望的後果便是滾落樓梯，停止後，她沒有半點遲疑，甚至連喊痛的機會也沒有，又繼續往下跑，直到來到一樓大廳，她沒多想，立刻跑出旅館。

她奔馳於人來人往的街道，多次撞到人而跌倒，甚至被人白眼或是辱罵，但她毫不在意，一心想要擺脫父母的亡魂，她不敢面對他們，不敢去看他們的慘況。

「啊——」

她瘋了似的，一邊狂奔一邊吶喊，也引起路人的注目，很多人都說她瘋了，說她是瘋子，要離她遠一點。

最後，她跑累了，慢慢停下腳步，雙手撐在膝蓋上大口喘氣。

等到氣息平穩後，她又邁開步伐，漫無目的地前行，直到她來到一間酒吧前，她苦笑了笑，走到門前，推門而入。

❀　❀　❀

進入酒吧，一股濃厚的香水味樸鼻而來。吳靚忍不住蹙眉，可是她仍毅然決然地走到櫃檯前的位置，一手拖著下巴，向酒保要了一杯調酒。

她不懂酒，因此酒保詢問她要喝什麼的時候，她只回了句，「請給我最烈的酒。」

聞言，酒保的視線在她身上停留片刻，似乎在打量她是否有本事喝下這杯酒。

吳靚不喜歡他打量的視線，因為著急地想要喝酒灌醉自己，因此她的口吻也顯得不耐煩，「我說給我最烈的酒！別看不起我，我有錢，我也有本事喝了不會醉！」

酒吧內播放的音樂聲音之大，但坐在吳靚附近的客人依然聽見她說的話。

有的男人聽到她這麼說，都多注意她幾眼，甚至有人高呼吳靚有勇氣，他很佩服，說要請她喝酒。

吳靚全然無視，等到酒保將酒推到她的面前，吳靚端起酒杯，仰頭一乾而盡。才剛喝下肚，酒勁立即襲來，喉嚨有一股灼熱感，頭痛欲裂，她按著太陽穴，抿著下唇，發出一聲低吟。

酒保看到她將烈酒一口灌下，忍不住搖頭嘆氣，一旁又有客人呼喚他，他便朝著另一方走去。

吳靚一手扶額，緊閉雙眸，想要緩和體內的不適。

等到她緩過來，她長吐一口氣，又接著向酒保要了一杯酒。

這次，酒保不等她開口，直接遞上與方才那杯一模一樣的烈酒，「一樣的。」

吳靚沒多想，再次端起酒杯，但這次並非一乾而盡，而是慢慢啜飲，想要讓身體牢記這股酒勁，以及內心油然升起的苦澀。

不久，她渾身沾染酒氣，意識也開始飄散，她匆忙起身，視線一晃，險些跌倒在地，是有個男人從後方攬住她的腰，將她拉往自己。

「沒事吧？」男人的唇湊到她的耳邊，以沙啞的嗓音問道。

吳靚回頭瞥了一眼，她沒看清楚男人的面貌，只是敷衍的向對方道謝，便試圖脫離男人的束縛，卻不知對方根本不打算鬆手。

「先生，可以請你放開我嗎？」吳靚的口氣透露著不耐。

她現在只想要趕緊離開這裡，她很累，她想休息了，她想躲回自己的空間，不想再待在外頭了。

但，對方非但不鬆手，甚至得寸進尺，將身子更貼近她的臀部，她明顯感受到後方有東西抵著她的臀部，她的意識被拉回一些，將手伸向後方，試著推開對方，「走開……你這個變態……」

「唉呦，說什麼變態，親愛的，留妳一個人在這裡我會擔心，我看我也陪妳一起離開吧。」對方加重手上的力道，讓吳靚更加無法脫離對方的束縛。

她想要喊救命，但酒吧內似乎沒有人注意到她，又或者他們也在看一場好戲，好似在這裡女人被男人帶走是件稀鬆平常的事。

吳靚甚至看到有人在竊笑，她打了個冷顫，卡在喉頭的那聲救命，怎麼樣也吐不出來。最終，她的酒錢是男人付的，而她也被男人帶出酒吧，拖上男人停在酒吧附近的車。

車門才剛關閉，男人便撲向她。

一開始吳靚還會反抗，她不想就這樣屈服，不想就這樣被欺負，但男人用力甩她好幾個巴掌，她承受不住劇痛，便昏了過去。

等到她恢復意識，她發現她全身赤裸，而她的下體如同被撕裂一般，她擰著眉，感受到男人的分身肆意進出她的私密處，她痛得說不出話，雙手又被男人以領帶綑綁住，根本無法活動。她知道自己的身子髒了，她已不再乾淨，她就這樣被奪走她的貞潔……

她像個人偶一般任男人擺布，任憑男人如何對待自己的身體，她都只是失神地望著天花板，一聲又一聲地呻吟聽在男人耳中興許就如同催情藥一般，然而，對吳靚來說，她的自我正逐漸消失。

一股熱流注入體內，吳靚的身子一陣抽搐，下體的灼熱感她完全無法忽視。

男人從她的體內退開，倒在她身邊，倒下後，又將她拉進自己懷裡，讓吳靚面部朝上，一手又開始揉捏她的胸部。

淚水早已爬滿吳靚的臉龐，她硬是咬著牙，下唇已經出血，她嚐到鮮血的鐵味，眼淚湧現得更加猖獗。

最後，男人在她身旁沉睡過去，吳靚即使疲憊不堪，卻怎麼也睡不著，只是睜著泛著血絲的眼眸，緊盯著天花板。

天亮了，然而吳靚內心那微弱的火苗卻滅了。

男人下了床鋪，穿妥衣服，從錢包掏出一把鈔票直接扔在吳靚身上。

「拿去吧，拿這些錢過日子，別再出來賣身了。」

男人直接將吳靚視為沒錢花用便出來賣身的女子，吳靚的擺在身旁的手微微抽動，卻沒有開口反駁，也沒望向男人。

男人「哼」了一聲，加快腳下的步伐，走出房間，又將門重重關上。

在男人離開後，吳靚這才緩緩坐起身，雙手環膝，將臉埋在膝蓋間的縫隙，身體開始瑟瑟發抖。

她被男人當作妓女看待，這一夜情在男人心裡看來沒什麼，但對她而言，就如同她的靈魂被硬生生撕毀，現在已是殘破不堪。

「爸爸……媽媽……」她原本是為了躲避父母的亡魂才逃出旅館，沒想到她這麼做的結果，卻是讓自己身陷更大的危機，連貞潔也沒保住。

直至天色開始暗了下來，吳靚一跛一跛地走出房門，散落在床鋪的鈔票，她一張也沒拿走，那些錢很髒，倘若她真的拿了，那便是捨棄自己的尊嚴。

經過旅店櫃檯，站在櫃檯前的一對男女，看到她的模樣，眉頭連皺也沒皺一下，眉開眼笑，笑著對她說「歡迎再次光臨」。

吳靚的嘴角抽動了幾下，她根本不可能再次光臨此店，服務人員笑容擠得再好看，對此刻的她而言，只是在她的傷口上灑鹽。

但她不會怪他們，畢竟他們並不知道她發生什麼事，他們之所以笑臉迎人，也是因為那是他們的工作。

她又回到原本的旅館，卻是退房，並重新找了個住所。

如同流浪的生活，讓吳靚更了解這個世界的殘酷，而更為嚴厲的情況也發生在她身上……

因為常感到疲倦、噁心想吐，向來準時的例假也延誤好幾天都沒來，吳靚有不好的預感，一直到她手中的驗孕棒呈現兩條紅線，本就瀕臨崩潰的心靈，直接崩毀。

她不能留下這個孩子，即使知道這是一條生命，但是她絕對不能留著，這個孩子得不到任何祝福的，更何況她被強暴才有這個孩子。

她的手輕輕撫摸腹部，眼淚奪眶而出，哽咽道：「孩子……對不起，媽媽對不起你……」

翌日，她帶著證件來到婦產科診所。

護理師向她確認過資料，並問她是否有人陪同，但她告訴護理師，只有她一人，不會有人陪她的。

由醫師幫她做了檢查，確認她的確懷孕，已經懷孕兩週，胎兒發育良好，但吳靚心意已決，她既然會踏入診所，便是下定決心，不打算把孩子留著。

因為孩子還小，所以醫師建議她以藥物流產的方式，費用落在五、六千，也是吳靚較可以負擔的價錢。

吳靚簽下同意書，從錢包內掏出她事先提領出來的錢，在所有程序都完成後，醫師將藥物交至吳靚手中，吳靚要在醫師面前服下藥物。

看著手中的藥丸，吳靚又在心底向孩子道歉，接著仰頭，吞下藥丸。

❀ ❀ ❀

吳靚在服下藥丸之前，醫師給她進行衛生教育。告訴她正確的避孕觀念，而醫師也注意到吳靚是獨自一人前來診所，因此又稍微譴責她女孩子不愛惜自己的身體，藥物流產即使不像動手術那般大工程，但同樣的結果便是一個生命的逝世。

醫師在說話時，吳靚都只是有一聲沒一聲地回應，她並沒有專注傾聽醫師說的話，原本佔據她心思的存在又多了一個，便是這個孩子。
倘若父母是被她間接害死的，那這個孩子，即是她親手殺死。
她不是個合格的母親，因為她連保護自己的孩子……也做不到。
當服用下流產藥，淚珠撲簌簌地落下，她直接在診間內大哭一場。
等到她哭累了，醫師拍拍她的背，溫柔地說：「回去好好休息，三天後再來服用第二劑藥物。這段時間妳會有出血的狀況，那都是正常的，如果身體有不舒服的地方一定要趕緊回診，讓我知道妳的情況，好嗎？」
吳靚沒有回話，只是微微頷首，接著便起身，步出診療室。
她付完掛號費及流產藥的費用，拿著自己的健保卡，離開診所。
一步出診所，她仰頭望著天空，又低頭輕撫肚子，「寶寶，你可以不原諒媽媽沒關係，因為媽媽真的是個自私的人，媽媽也不會原諒自己的。」
這幾天，無論誰打電話給她，她一律不接。
一直到她服下第二劑流產藥，她回到旅館後，下體便開始大量出血，出血量比例假來時的量還多，而且腹部疼痛不已。
她倒在床上抱著肚子，額上沁著冷汗，衣服因為汗水都濕透了。
腹痛的情形時好時壞，她也完全沒食慾，吃不下任何東西，只喝白開水度日。
一個禮拜後，出血及腹痛的狀況都不見了，她又再次前往診所，醫師又幫她做檢查，檢查結果，確認她子宮並沒有受到嚴重損傷，不過還是要她一到兩週內再次回診追蹤，目的是為了確認胚胎是否完全排出。

走出診所的吳靚，心情異常平靜。

方才確認她已經真正失去孩子，一直壓在身上的壓力好似一下子消失似的，這令她感到一絲罪惡感。

她突然有個念頭——贖罪，她想要贖罪。

於是，當她的身體逐漸恢復健康後，她再次出現在家人面前，想當然，吳若珣對她的態度惡劣至極，從父母過世，她躲藏起來，並沒有以長女的身分進行喪儀的時候，吳若珣便不再將她視為姐姐，只當她是個外人，也不准她去祭拜父母。

她苦苦哀求親戚，他們才讓她去祭拜父母，也瞞著吳若珣，不讓他知情。

當吳靚來到父母的神主牌前，她沒多想，立刻跪下來。

她隨即彎下腰，向父母的神主牌磕頭，語氣難掩激動，「爸、媽，不孝女回來了，很抱歉……我來遲了……」她發出嗚咽，身軀不停打顫。

她在父母的神主牌前懺悔自己的過錯，她將所有的錯攬在身上，也在祂們面前做出一個決定——她要繼承父母的事業，她要成為禮儀師。

吳靚放棄自己的夢想，為了贖罪，選擇繼承父母的事業，即使這份工作辛苦，她也不喊苦，因為這全都是對她的懲罰。

起初，她在面對案子時總是無法順利進行。

因為陰陽眼的緣故，待在殯儀館，看見的鬼魂比之前所見的數量更多，這令她懼怕，開始想要逃避。

但在某天，她幫助一位失去奶奶的少年。當時少年不過高二的年紀，但他卻已經失去唯一的依靠，失去他僅存的家人。

他將奶奶所剩不多的財產以及自己打工存下來的錢拿出來替奶奶辦場簡單的喪事。

那場喪事是吳靚成為禮儀師後的第五個案子，吳靚之所以印象深刻，是因為那名少年即使面露悲傷，但他面對生死的態度卻很淡然，與她接手過的案子相比，少年的情緒藏得很深，她根本猜不透他的想法。

在幫助少年處理奶奶的喪儀期間，吳靚盡心盡力幫助他處理雜事，少年畢竟是未成年，也沒其他大人協助他進行喪儀，僅有他一個孩子為奶奶辦喪事，她根本放心不下。

在少年送走奶奶的這天，少年好像對她說了什麼，但她怎麼樣也想不起來。

吳靚按著頭，拚命回想當年少年說的話。

「吳靚姐，我以後可以跟在妳身邊學習嗎？」

聞言，吳靚赫然抬起頭，一臉不敢置信地看著江奕海。

只見江奕海嘴角帶著笑容，雲淡風輕地說：「我以後想成為像吳靚姐一樣偉大的人。」

倏忽，所有記憶如潮水般湧現。她想起當年少年對她說的話，他說的，與江奕海所言如出一轍！

「為什麼你會……江奕海，你究竟是？」吳靚看著站在她面前不遠處的江奕海，不知為何，她突然覺得他好陌生，她跟本沒有真正認識過他。

江奕海淺淺一笑，不疾不徐地說：「吳靚，妳還不能來這裡，快回去吧！」

吳靚不明白他話中的意思，「你叫我回去，那你呢？你為什麼會在這裡？」

此處是她人生的盡頭，站在盡頭之處等著她的人是江奕海和她的孩子，他們都是她人生中最重要的存在，但……江奕海不是還活著嗎？他到底為什麼會出現在這裡？

待在盡頭之處的存在都是已然逝世的生命，江奕海會出現於此，難道他……

「吳靚，我說個故事給妳聽。或許妳聽完後，會想起我是誰。」江奕海的嘴角揚起一抹笑意，接著，緩緩道出故事……

江奕海從小便是個體弱多病的孩子，他剛出生的時候，因為發育不良，所以比其他孩子待在無菌室的時間還長了些，也因為如此，當他的母親知道要養育他長大可能需要花上大筆醫療費用時，他不足周歲，母親便把他交給住在鄉下的奶奶照顧。

男孩一天天長大，每次在公園玩樂，到了傍晚準備回家時，看到其他孩子都有父母陪伴，牽著他們的小手，亦或著開心討論晚餐吃什麼，只有他孤零零一人，慢慢走回家。

奶奶每天推著賣雞蛋糕的小餐車到街上販售，尚未上小學的他，每一天都會跟著奶奶一同販售雞蛋糕。

然而，販賣雞蛋糕賺的錢，也只是剛好足夠兩人的伙食費，生活過得辛苦，再加上他很容易生病，需要花錢看醫生，父母每個月寄給奶奶的生活費少之又少，最終，奶奶還動用到她的養老費，兩人的日子才不至於流落街頭。

也因為生活窮苦，沒有什麼餘錢再去買新衣裳，總是穿著破舊衣服的江奕海，也成為其他孩子揶揄、欺負的對象。

只是想和其他孩子一同玩樂，他們卻將他排拒在外，有的仗著自己長得較高大的孩子，更會對他動手腳，甚至號召其他人一起毆打他、汙辱他，罵他是沒人愛的孩子，說他很噁心，只能穿髒衣服，身上還有臭味。

江奕海不是不想反駁，不是不想反抗，只是那些孩子說得都對，而他身體瘦弱，他也沒本事推開他們，所以他只是默默承受他們的攻擊，每次都帶著滿身傷痕回到家。

而他身痕累累的模樣，看在奶奶心裡也極為不捨，但，她也無能為力。只能替他包紮，嘴上不停向他道歉，眼角泛著淚光。

江奕海在心底發誓，他要讓奶奶過上好日子，他也要學會反抗，不想再被欺負！

❀ ❀ ❀

他告訴自己，不能這麼懦弱，不能再讓奶奶擔心，要趕緊長大，成為保護奶奶的存在。然而，現實的殘酷，是一再打擊他的信心，直到有人朝他伸出手，那人便成為他的光，帶領他走出絕望。

那天，他只是走在路上，又遇見那群總愛欺負他的孩子。

他們將他團團包圍，他本想反擊，但他們人多勢眾，他根本逃不了被打的結果。他趴倒在地，注意到不遠處有個女孩正看著他，女孩本想上前，卻被她的母親拉住，急忙將她帶走。

江奕海依稀記得那個女孩看著自己的神情是心疼、是不捨，和奶奶注視的他的眼神相似。自從那日見到那個女孩，他每次走在街上都會下意識尋找女孩的身影，或者，他會跑到那日被欺負的現場，希望能夠再見到女孩一面。

而願望達成這天，他又再次遇上危險……

本來站在雞蛋糕餐車前幫忙顧攤的江奕海，突然被人拖走，眼睛被蒙住，耳邊傳來稀稀落落的嬉笑聲，他瘦小的身軀猛烈顫抖，不停喊著救命，最後連嘴巴也被東西堵住，發不出聲。

他本想就此放棄掙扎，因為他無論如何也逃不過被打的命運，但就在這時，一道劃破空氣的哨子聲傳入耳中，緊接著又是警車鳴笛聲。

「快放開他！我已經報警了哦！」

是個女孩子的聲音，她的聲線微微顫抖，即使看不到她，江奕海仍知道女孩是鼓起多大勇氣才吼出這句話。

他不禁感到一陣鼻酸，又在下一秒，他被直接扔在地上，耳邊傳來急促的腳步聲，漸漸的，又沒了聲音。

他依然看不見也無法說話，但此刻他的聽覺極為敏銳，有人走近他，在他面前蹲下身，並扯下遮蔽他視線的黑布，以及堵住他嘴巴的手帕。

「沒事了，現在已經沒事囉。」

女孩的聲音聽起來很舒服，彷彿有陣溫柔的風吹拂在臉上。而她的額頭沁著薄薄的汗水，興許是因為方才奔跑過的關係，她的臉蛋透著微紅，臉色看來十分興奮。

「嘿嘿，他們都被我騙了，其實根本就沒有警察，那是我用錄音機放出來的嗚笛聲而已，哈哈——」女孩捧腹大笑，很滿意自己的成果。

江奕海則是一臉茫然的看著她。看到女孩笑得忘我，他內心的恐懼漸漸消散，嘴角也不自覺掛上微笑。

女孩替他解開束縛住雙手的繩子，並朝他伸出手，語調輕盈的說：「我陪你一起走回去吧。」

江奕海永遠不會忘記與女孩接觸的那一天，女孩牽著他的小手走回奶奶的雞蛋糕餐車，原本回家處理事情的奶奶，看到他回來，慌慌張張地跑向他，並向女孩道謝。

女孩擺擺手，表示沒什麼，但奶奶還是請女孩吃雞蛋糕感謝女孩。

當江奕海與女孩並肩坐在一起吃著雞蛋糕時，江奕海的目光一直偷瞄女孩的側臉。

女孩的年紀看起來比他大上一些，而女孩吃著雞蛋糕鼓起的臉蛋，江奕海看著看著，心裡不禁有個想法。

「好可愛哦。」

「嗯？」女孩叼著啃了一半的雞蛋糕轉頭看向他。

江奕海嚇得匆忙將頭撇向一邊，大口吃著雞蛋糕，深怕被女孩發現他在偷看她。

女孩吞下口中的雞蛋糕後，淡淡地說：「以後別呆呆地讓他們欺負你，你要懂得反擊，知道嗎？」

聞言，江奕海望向女孩，呆愣片刻，才微微點頭，「嗯……知道了。」

他的頭上突然多了一分重量，他目瞪口呆地看著此刻正摸著他的頭的女孩。

女孩的嘴角揚起一抹淡笑，柔聲道：「乖孩子。」

一剎那，江奕海的臉龐染上緋紅，他也忘了要遮掩自己羞紅的臉蛋，呆愣地看著女孩，心跳撲通撲通，跳動劇烈。

女孩看到江奕海羞澀的模樣，伸出手指，戳戳他的臉頰，「嘿嘿，你的臉好紅哦，害羞了？」

「沒、沒有。」江奕海急忙垂下頭，不想再讓女孩看到他此刻的模樣。

女孩也不打算戳破江奕海的謊言，雙手一攤，無奈地說：「為什麼男孩子就不能臉紅呢？臉紅又不是女生專屬的。」

語畢，女孩站起身，拍拍褲子上的灰塵，發現江奕海微微抬首看著她，她的唇角微微上揚，「我要走囉，你不跟我說再見嗎？」

江奕海聽到女孩要走了，猛然抬起頭，迎上女孩帶笑的眼眸，他這才發現自己又反應過度，但這次，他沒有逃避，因為再不說出口，也不知道下次見面是什麼時候。

「姐姐，今天謝謝妳的幫忙，我們還會再見面嗎？」

他多麼希望他還能再見到女孩，他想待在女孩身邊，他希望女孩也能留在他身邊陪著他。

然而，女孩卻是遙望天際，沒有立即給出答覆。

江奕海等到不耐煩，想再出聲發問，女孩便開口了，「如果我們有緣份，就必定會再次相遇。」她轉過身，注視著江奕海。

江奕海內心極為不捨，但是他根本沒有資格請求女孩留下來。

他是個連自己都保護不了的人，他這樣要如何保護女孩？

女孩遲遲等不到他開口，眼看時間差不多，她邁開步伐便準備離去。

「總有一天，我一定會成為可以保護妳的人！」

等到女孩的身影漸行漸遠，江奕海才朝著她的背影大喊。

他不知道女孩是否聽見她說的話，但他依然在心底下定決心——倘若緣分讓他們再次相遇，下次，換他來保護她！

但是，再次相遇女孩完全認不出他，而他當時又失去奶奶，在辦理奶奶喪儀的這幾天，他其實有很多機會可以對她說出他的身分，可是他沒有。

看到當初的女孩如今是一名禮儀師，穿梭在殯儀館，幫往生者處理後事。

她認真工作的神情，是如此迷人，令他深深著迷，但他也看出她藏著一些傷心事，眼底透露著悲傷。

他沒有忘記年幼時的誓言，他決心要成為像她一樣的禮儀師，想幫助往生者走完人生最後一哩路，也想幫助她重拾真正的笑容。

他終於知道女孩的名字，這個名字已然刻在他心底。

在送走奶奶後，他看著她即將離去的背影，大聲吶喊：「我以後想成為像吳靚姐一樣偉大的人！」

❀ ❀ ❀

故事到一個段落，吳靚睜大眼睛，一臉詫異地看著江奕海。

她從沒想過江奕海會是過去那個被欺負的男孩，她也沒想過他會是她曾經接手過的案子的家屬，是那個令她印象深刻的男孩。

不知何時，淚水早已爬滿臉龐，她走近江奕海，伸出手，試圖碰觸他，卻在下一秒，她的手穿過江奕海的手臂，碰觸不到他。

她碰觸不到江奕海，但他卻能反抓住她的手，只是她幾乎感受不到他的溫度。

「吳靚，最後一個故事了，故事結束，妳也該回去了。」江奕海輕描淡寫的說。

他不等吳靚問話，又接著把故事說下去……

以禮儀師為目標的江奕海，每當他在眾人面前講述自己的夢想時，其他人總是嘲笑他的夢想。

他不以為意，畢竟是自己的夢想，別人不認同又如何？

這是他的夢想，旁人根本沒有資格插手。

他忽視旁人的嘲諷，朝禮儀師的夢想努力，然而，在夢想實現前，他的身體便出現狀況，不，是一直隱藏的危機浮出水面，他的病情從來沒有得到改善，如今又惡化了。

他一直有回診檢查，但此次回診，主治醫生卻告訴他，他的病情有所惡化，需要住院治療，並坐進一步的檢查。

但是他拒絕醫生的提議，因為他沒有錢，才剛辦完奶奶的喪事，他根本就沒有錢去做治療，所以他頂著生病的身軀，下課後便去打工，一點一滴地存錢，卻又是兩年的時間。

他再也撐不住，在打工處失去意識。

在醫院清醒的江奕海，此後又在醫院待了好長一段時間，一直到病情穩定，主治醫生再三提醒他要注意的地方，無論是飲食、作息，許多重點江奕海都只是聽聽，並沒有確實放在心上。

醫生曾問過他一個問題，「你就沒想過要告訴你父母你生病的事嗎？如果你告訴他們，說不定你就不需要為了醫藥費到處打工了。」

他一直都知道江奕海在打工的事，他本想禁止他打工，因為打工就是使他累積大量疲勞的主因。但是江奕海若沒有打工，他根本付不起高額醫藥費。

江奕海聽到醫生的問題後，苦澀一笑，面上雖然平靜，但口氣卻令人疼惜，「當初他們拋棄我，就是捨不得在我身上花太多錢。或許他們也沒想過我會長到這麼大吧。就算我現在去找他們，可能也是白費心力。」

「但你總是要讓你的父母知道你的情況，之前你的監護人是奶奶，現在奶奶走了，你的父母總該負責任了。」

「醫生。」江奕海輕喚一聲，臉上雖然著淺淺的笑意，但神情看來很沮喪，「醫生，我的家人就只有奶奶。奶奶走了，我就沒有其他家人了。」

下一秒，他被醫生緊緊擁在懷裡，他聽見醫生微弱的啜泣聲，「孩子，你不是一個人，你不能放棄自己，知道嗎？」

江奕海沒有答腔，只是張開臂膀，回抱住醫生。

經過治療，江奕海的病情得到控制，他又再次回到學校上課。

大學畢業後，同學們都開始為自己的夢想而努力。無論是考公務人員，或是成為老師，大家都朝著自己的夢想而前進，江奕海亦是如此。

當他站在采靈禮儀公司的大門前，他難以抑制內心的興奮，他終於來到這裡了，終於可以光明正大地站在她身邊了！

可是，才剛開始跟在她身邊學習，他的身體又出現異常，而且這次不似之前那般幸運，他甚至無法下床走動，只能躺在醫院的病床上，若不依靠呼吸器，他便無法正常呼吸。

他好不容易實現自己的夢想，但他的時間所剩無幾，這件事令他崩潰，精神瀕臨絕望之際，他偶然間得到神明賜予他的機會，使他得以像靈魂出竅，卻又能像個正常人一般自由走動。

不過這是有時間限制的，所以他才想在離開前幫助吳靚，幫助她找回快樂、重拾笑容。

「吳靚，我的時間不多，現在妳也知道我的祕密了，我該讓妳回到原本的世界了。」江奕海的手掌輕輕磨蹭吳靚的手臂。

吳靚一臉錯愕的看著他，「你為什麼看起來很輕鬆？你都說你時間不多了，你又為什麼要出現在這裡？」他又還沒死，為什麼要出現在她的盡頭之處？為什麼不要好好接受治療，為什麼要為了見到她而犧牲自己的時間？

她此刻心情難以平復，內心憤怒至極，但仔細一想，她好像也沒資格生氣，因為她也是不愛惜生命的人，所以此刻她才會出現在這裡。

「吳靚，我最後的任務便是讓妳平安無事地回到人間。」

「那你呢？你也要跟我一起回去啊！」

江奕海搖了搖頭，「我的時間即將畫上句點。」

吳靚用力搖頭，她好不容易知道江奕海的身分，好不容易知道他的祕密，但是她卻幫不上他的忙。

「奕海，你告訴我你在哪裡？不能只有你幫我，我也想幫你！」

「吳靚，當初是妳幫助我走出黑暗，如今能夠幫上妳的忙，我真的很高興。所以妳千萬別感到愧疚，不要再愁眉苦臉的，妳笑起來很漂亮，我最喜歡妳的笑容了。」江奕海抬起手，撫上吳靚的臉頰。

斗大的淚珠沿著吳靚的臉龐滑落地面，吳靚也抬起手，疊放在江奕海的手背上。即使碰觸不到他，但他彷彿感受到他的溫度一般，她捨不得離開，也不想放開他，「江奕海……你真的很討厭。明、明明是你先走進我的內心，為什麼現在又要拋下我？」

她所愛的人都會離她而去，朋友、家人、孩子，現在連她好不容易喜歡上的江奕海也要離開她身邊，到她觸及不到他的地方。

倏忽，她的腦中浮現一個念頭，她激動的說：「如果我不離開這裡的話，我們就可以一直在一起嗎？奕海，你告訴我，是不是我也死了，我們就不會分開了？」

「吳靚！」

江奕海突然朝她怒吼，吳靚的身子抖動一下，不解地看著他。

「妳還不能死！妳還有夢想尚未實現，妳必須去實現，而且妳要好好活著，妳幸福，才是我想看見的！」

「但是沒有你的世界我也活不下去啊！」吳靚絲毫不打算退讓，如果要她回到那個沒有江奕海的世界，她只會再次崩潰，絕對無法振作起來。

她沒辦法忘記與江奕海共同經歷的那些過往，那些傷心、快樂的事她都不想忘記，而且她還想和他一同製造回憶，因此她更加不能離開他。

倘若她現在離開，是不是他們就再也見不到面了？

江奕海無奈地看著她，「妳為什麼這麼傻？」他頓了一下，「不行，妳不能再待在這裡，我這就送妳回去，妳要記得我說的，好好活著，總有一天我們會再見面，現在只是暫時分開而已。」

吳靚本想再說什麼，但有一股力量將她往後拉，她與江奕海的距離越發遙遠，她嘶吼著、哭泣著，可是她依然無法回到他們身邊。

在她的盡頭之處有江奕海和她的孩子，可是現在，她還無法與他們相聚，因為她還有事情沒有完成……

❀ ❀ ❀

「小姐……小姐……」

有人在她耳邊大聲呼喚，身體被劇烈晃動，她被晃得頭有些暈眩。

眼皮子很沉重，身軀也很僵硬，只是想挪動手臂，僅稍微動彈就痠痛不已。

「快，救護車來了，快叫救護人員過來這裡！」

救護車？所以她獲救了嗎？

她記得她走向大海尋死，但此刻她卻聽見人的聲音，又有救護車趕來，所以她被救起了？

但在她走入大海，失去意識之後好似發生了什麼，可是她怎麼樣也想不起來。

頭痛欲裂，她緊皺著眉頭，腦袋像是快要炸開似的，許多凌亂的記憶一下子聚集在一塊，而他的身影從模糊漸漸變得清晰……

江奕海！

吳靚猛然睜開雙眼，「江、江奕海，我要去找他……」她不顧自己才剛脫離險境，此刻她只有一個念頭，便是找到江奕海，她想見他！

「小姐，妳才剛從大海裡拉出來，救護車到了，妳別亂跑啊！」方才救吳靚上岸的大叔伸手抓過她的手腕，卻清楚感受到吳靚強烈掙脫，力量之大，根本不像個差一點溺斃的人。

吳靚掙脫開男人的手，方才全身痠痛的症狀好似一夕間消失一般，她拔腿狂奔，奔向救護人員，「請載我到市立醫院，快帶我去市立醫院！」

救護人員光看她全身濕透便知道接獲通知，溺水的女子便她，但從她慌張的神情以及剛剛全力奔馳的身影，完全不像需要緊急送往醫院的人，這令救護人員感到一頭霧水。

「小姐，妳真的沒事嗎？妳差一點沒命耶！還有，妳說妳要去市立醫院，妳想做什麼？」

然而，此刻的吳靚根本沒耐心可言，「我要去找一個人，他現在就在市立醫院，快沒時間了，拜託你們快載我到醫院，拜託了！」

救護人員雖然還搞不清楚狀況，但聽到吳靚說快要沒時間了，他們也突然開始緊張，「好吧，妳快上車，反正妳也需要就醫檢查，就順便到醫院去吧。」

「謝謝你們，我真的必須趕緊見到他，謝謝！」吳靚向救護人員誠摯地道謝後，坐上救護車，救護車隨即揚長而去。

在救護車上，救護人員先簡單地幫她檢查傷口，而吳靚的心思全飄向一直在醫院接受治療的江奕海。

江奕海未曾說過自己在哪間醫院，但是她從過往兩人的對話中判斷，之前她曾在吳若珣住院期間在醫院碰見江奕海。

當時他告訴她，他有家人生病住院，可沒想到，那個住院的人正是他！

他難道想要瞞著她，直到他離開人世嗎？他說她很傻，難道他就不是傻子嗎？

吳靚越想越氣，她恨不得趕緊見到江奕海並且痛罵他一頓。

一抵達市立醫院，吳靚立刻衝下救護車，往醫院櫃台奔去。

她雙手撐在櫃台，氣喘吁吁地問：「請、請問江、江奕海在哪間病房？」

櫃台的服務人員因為病人個資問題而拒絕她，既然無法走正當管道，吳靚只好用特殊方法知曉江奕海的所在位置。

醫院也是到處可見鬼魂的地方，吳靚找了個樣子看起來較為和善的女鬼問話，當然不會在大庭廣眾之下，若是被其他人看到她對著空氣說話，可能就被抓去看診了……

在醫院大廳四處閒晃的女鬼被吳靚攔下來，她發現吳靚可以看到她，嚇到想要隱藏身影，卻又被吳靚喚住，吳靚再三拜託她，她才留下來。

「小、小姐，妳怎麼看得到我？而且……妳找我有什麼事？」女鬼畢竟已經過世，臉色蒼白是正常，不過被吳靚纏上，她一臉驚恐，看起來更加嚇人。

吳靚可管不了那麼多，她激動問道：「請問妳知道這間醫院有沒有一個叫江奕海的病人？」

「就算我很常在醫院內遊蕩，但並不代表我會知道所有住院的人的名字啊！」女鬼苦惱地搔搔頭，對於吳靚的提問感到不知所措。

即使她是鬼魂，能夠自由穿梭在醫院各個角落，但她也不會繞到每個病房去看看誰住在裡面，何況有的病房內本就有「主人」，她也不敢貿然打擾。

醫院內有許多和她一樣滯留在人間的鬼魂。

祂們滯留在人間有眾多理由，但許多鬼魂都會選擇留在祂們曾經待過的病房，因此病房內有「主人」一說，對那些並沒有領地的鬼魂而言，就如同鬼界的老大一般，不能任意打擾、侵占地盤。

可是對吳靚來說，她沒有辦法一間一間病房尋找江奕海，而她也無法透過醫院那邊知曉江奕海的位置，所以她只能將希望寄託在女鬼身上。

「拜託妳，如果妳幫我這個忙，我願意幫妳實現一個願望。」

「真的嗎？妳願意幫我實現願望？」

吳靚頷首，態度堅定的說：「只要妳幫我找到江奕海，我就一定會幫妳達成心願。」

女鬼一臉歡喜，興奮的說：「成交！我現在就去拜託我的那些好朋友們，十分鐘內就幫妳找到人！」語畢，她瞬間消失在吳靚眼前。

吳靚相信女鬼能夠找到江奕海，此時她也為自己擁有陰陽眼感到高興，只不過她這次賣人情給女鬼，希望女鬼的願望不會過於刁難……

不到十分鐘女鬼又再次出現在吳靚面前，「小姐，找到人了，在九樓0916病房。」

「謝謝妳！等到事情解決完畢，我一定會實現諾言，幫妳達成心願！」吳靚先詢問女鬼的名字後，便匆匆離去。

她快速奔馳於人來人往的醫院，好不容易擠進電梯，來到九樓，找到江奕海的病房，她站在病房前，遲遲沒有推門而入。

她做了好幾次深呼吸，在病房內的人是江奕海，是她喜歡的人，也是她的救命恩人。是江奕海救了她一命，否則她早就已經溺斃，不會有機會被漁民發現載浮載沉的她而獲救，這一切都是多虧江奕海。

她將手貼在胸口，長吐一口氣，接著推開病房門，踏入病房。

病房內只有一張病床，她的目光注意到站在窗前，望著窗外的男人。

男人查覺到動靜而轉過身，和吳靚對上眼，嘴角牽起一道好看的弧度——

「吳靚，妳來啦！」

聽到他的嗓音，聽起來是如此虛弱，而他穿著病服，不知道是病房尺寸較寬鬆，還是他真的太瘦弱，總覺得病服穿在身上很不合身。

她明明已經做好心理準備，卻在真正見到他時，又控制不住發達的淚腺。淚珠一滴一滴落下，她踏著平緩的腳步走向江奕海，來到他面前。

「奕海，我來了。」

她終於找到他了。

❀ ❀ ❀

眼前的江奕海，不似平常那般英姿風發，但是他散發出的柔和氣質，同樣溫暖她的心。

江奕海的臉色蒼白，身軀極為瘦弱，但他的眼眸泛著光芒，他的靈魂依然閃閃發亮，並沒有變得黯淡。

「江奕海，你這個騙子。」吳靚的口氣帶著惱怒。

江奕海走到吳靚面前，伸出手，撫上她的臉龐，靦腆一笑，「那妳怎麼會喜歡上一個騙子呢？」

吳靚賭氣似的瞪了他一眼，沒好氣的說：「誰說我喜歡你了？」

「不喜歡嗎？那……」江奕海帶著壞笑的臉龐湊到吳靚面前，「妳想從現在開始喜歡我嗎？」

語畢，他不給吳靚反應的時間，在她的唇上輕輕落下一吻。

方才留在唇上的溫度令吳靚的臉蛋染上緋紅，羞赧地將臉別向一旁，暫時不敢直視江奕海。

江奕海發現吳靚不僅是臉蛋，連耳根子也染上淡粉色，他對吳靚的反應極為滿意。

「吳靚姐，妳害羞了嗎？」

吳靚抿著下唇，不願承認自己害羞的事，即使她知道自己此刻的臉龐已然透露一切，但她就是嘴硬，不想親口承認。

而她越是這樣，江奕海就越想欺負她。

這次他同樣不給吳靚反抗的機會，雙手捧著吳靚的臉龐，再次覆上她的唇瓣。

吳靚一開始是抗拒的，因為過去的陰霾，她對異性的碰觸打從心底感到恐懼。

但不知為何，江奕海的碰觸她並不討厭，她甚至有點……喜歡？

她說不出這是什麼感覺，但這是她第一次如此享受接吻的感覺。

江奕海本只是想欺負一下吳靚，所以才趁她還在害羞的時候再次吻上她的紅唇，但當他看到吳靚閉著雙眼，不排斥他的親吻，甚至笨拙地回應他的吻，他像是得到鼓勵的孩子，一手來到吳靚的腦後，加深這個吻。

吳靚感受到江奕海加深親吻，一瞬間，她變得無法正常思考，腦袋呈現飄忽狀態，有股輕飄飄的感覺。

兩人分開後，兩人的氣息都很紊亂，吳靚也顧不得自己燙人的臉蛋，睜著迷茫的眼眸望著江奕海。

江奕海看著吳靚的臉蛋，又覺得口乾舌燥，十分眷戀吳靚口中的美好滋味。

吳靚慢慢回過神，這才發現江奕海以灼熱的視線緊盯著自己，她的喉頭滾了滾，想起方才兩人熱吻的情形，好不容易消退的熱度又快速上升。

「欸，別一直盯著我看啦！」

「我看我喜歡的女人不行嗎？」

「……」

吳靚選擇沉默，但她的內心卻是興奮的。

江奕海說，是她帶他走出黑暗，她何嘗不是被江奕海拯救的呢？

然而，喜悅並不持久，江奕海的身軀突然向前傾倒，吳靚發覺時已經太遲了。

他跪倒在地，身軀不停抽搐，吳靚一看，立刻按下病床邊的呼叫器，醫生立即趕來，馬上替江奕海進行急救，而吳靚也被醫護人員趕出病房，畢竟要進行急救，吳靚在這裡只會礙事。

吳靚的心情像是在洗三溫暖。

方才在她與江奕海在病房內親吻，此刻，她卻因為江奕海在急救而被趕出病房。

心情瞬間降到谷底，她的心止不住抽痛，心思全放在病房內的江奕海。

吳靚雙手合十，閉上眼睛，在內心向神明祈禱，「求菩薩傾聽我的願望，求菩薩能夠幫助江奕海度過這一道難關。求菩薩再給我們一些時間，求求菩薩，別這麼快就把他……帶離我身邊。」

一個小時過後，江奕海的病房門被打開，醫生及護士走出病房，為首的醫生注意到吳靚，不禁多看她幾眼，「……妳是吳靚嗎？」

「對，我是吳靚，請問醫生你怎麼會知道我的名字？」吳靚一臉疑惑。

她並不認識這位醫生，為什麼醫生會認識她呢？

醫生以眼神示意後方的護士，護士立即領悟他的意思，先行離去，而醫生又推開病房門，和藹地說：「吳小姐，我們裡面談吧。」

吳靚隨著醫生走進病房。江奕海躺在病床上，臉上戴著氧氣罩，緊閉雙眸，看來已經睡著了。

「我是奕海的主治醫生，我可以說是看著奕海長大的，雖然我們之間沒有血緣關係，但對我而言，他就像是我的兒子一樣，我很在意他，也很希望他能夠健康長大。」

吳靚從醫生的眼神以及口氣上可以明白他對江奕海有多麼關心，再加上在盡頭之處，江奕海說的故事中也有提及這位醫生，吳靚自然而然對醫生產生好感、信任。

「醫生，請問奕海他……還有時間嗎？」吳靚說到一半便有所停滯，因為她不知道該如何詢問江奕海的狀況。

光憑方才江奕海經過急救才救回一命，他的情況就像是隨時都有可能離開一般，他究竟還剩下多少時間呢？

醫生的眼瞼垂了下來，他的神情顯得哀傷，無奈的說：「奕海他罹患急性白血病已有一段時間了，小的時候不易察覺，但是長大後，他的病狀越來越顯著，病情也逐漸失去控制。以他現在的狀況，能撐一天是一天。」

吳靚沒有說話，只是靜靜地望著江奕海的睡顏。

「我還記得幾個月前奕海發病那天，他明明才在與死神搏鬥之下甦醒，但他卻不顧虛弱的身軀，堅持要回去工作。妳知道他說什麼嗎？他說，他終於實現夢想站到妳身邊，他說他想幫妳找回笑容，即使知道自己的時間不多，但他就是想看到妳幸福的模樣。

在那之後，他多次偷溜出醫院，每次回來，狀況都很糟糕，但他卻能在下次同樣溜出病房，跑去見妳，可見他有多喜歡妳，為了妳連命都不要了。」

濕潤的眼眶，無法克制的啜泣聲，視線開始模糊，吳靚抬起手，抹除眼淚，但淚水再次盈滿眼眶，她低垂著頭，任憑淚珠在地面匯集成小水窪。

江奕海將她曾經幫助他的事放在心上，一放便是好幾年，她承受著他對她的好，卻無法回報他，她覺得自己真的好沒用。

「別……別哭了。」

吳靚猛力抬頭，原先閉著眼休息的江奕海，此刻睜著雪亮的眼睛，嘴角微微上揚。

她來到病床邊，伸手想要碰觸他，卻發現自己的手止不住顫抖。

「我沒事。」江奕海虛弱的說。

他剛開口，吳靚的眼淚流得更加猖獗了，「嗚……江奕海，你讓我知道自己是個傻子，但你、你卻是個瘋子！」

一個不顧自己性命，只為成全別人的瘋子！

江奕海輕輕一笑，聲音極其微弱，「對，我是個瘋子。為了一睹美人傾城的笑顏，再辛苦的事我都願意去做。」

吳靚破涕為笑，此刻的氛圍分明是哀傷的，但江奕海說出口的話總是能夠逗笑她，與許，這便是他的魅力所在。

「既然你為我做了那麼多事，那你希望我怎麼做呢？」她想在最後，聽聽江奕海的心願。

「我想看妳畫畫，我想看妳重拾當初的夢想。」

「吳靚，妳能為了我再次拿起畫筆嗎？」

❀　❀　❀

在吳靚陪伴在江奕海身邊的這段期間，吳靚放下禮儀師的工作，再次提起素描筆、拿起素描本，重新開始畫畫。

在畫畫的過程中，江奕海都待在她身側，而江奕海也得到醫生的允諾，能夠在吳靚的陪同下離開醫院，到戶外走走。

他坐在輪椅上，由吳靚推著他前進，江奕海在此時又訴說起靈魂出竅時他的所見所聞。

「大部分的時間，我都是以靈體的狀態出現在妳面前，不過，或許是我的意念較深，所以擁有的形體較為完整，一般人可以碰觸得到我，這點也令我感到訝異。」

「我一直待在妳身邊，所以才能在妳出狀況當下立刻出現在妳身旁，我之所以會知道妳家的位置也是因為如此。我真的很感謝神明願意多給我一些時間陪伴在妳身邊，我也很高興在離開前能夠看見妳去實現當初的夢想。」

「年幼的我受到其他孩子欺負，曾想過要一走了之，但因為奶奶，我才放棄這個念頭。

奶奶離開後，我頓時失去活下去的動力，卻因為找到妳，我又擁有活下去的勇氣。吳靚，妳是我活下去的理由，因為妳，我才能活到現在。」

「……奕海，謝謝你。」想了許久，吳靚只吐出一句感謝。謝謝你因為我好好活著。

江奕海莞爾一笑，雲淡風輕地說：「吳靚，別謝我，妳的快樂便是我的快樂，我曾說過，妳也是能夠帶給人快樂的，所以只要妳保持著笑容，便是我最大的幸福。」

吳靚從輪椅後方繞到江奕海面前，彎下腰，在江奕海的臉上輕輕一吻。

「奕海，你也是我人生的幸福。」

江奕海提議要到海邊吹海風，吳靚答應了，兩人搭車前往海邊，抵達後，江奕海又說他不想坐在輪椅，他想用雙腳踩著沙灘前行。

吳靚攙扶著他，看著他努力從輪椅上爬起，雙腳劇烈顫抖，她本想叫他放棄，卻在看見他逐漸站穩後，將方才準備說出口的話又吞了回去。

她抓著江奕海的手臂以防他跌倒。江奕海緩慢移動步伐，對他來說，每一步走來都十分艱辛。

他的額頭已經冒出大量汗水，而他咬著牙，面目猙獰的模樣，都被吳靚盡收眼底。

她心疼之餘也佩服他的毅力，倘若此刻生病的人是她，她恐怕無法像江奕海這般勇敢邁出艱難的每一步。

兩人並肩坐在沙灘，距離海水僅有幾公尺距離，將雙腳打直，便可浸泡到海水。

吳靚從包包內拿出畫畫的工具，她準備畫下這一片美麗的大海，此時江奕海卻開口了。

「吳靚，妳現在幸福嗎？」

吳靚偏頭看向他，發現江奕海的臉色不太對勁，但是她沒有說什麼，抿著唇瓣，再次望向眼前的汪洋大海，悠悠的說：「我很幸福。」

現在是她最幸福的時刻。

「是嗎……那我就放心了。」江奕海的頭靠在吳靚的肩膀，身軀的起伏越來越微弱，吳靚也逐漸感受不到他的體溫。

一滴淚落在素描本上，吳靚無聲哭泣著，雙手環抱著江奕海，環抱著已經失去意識的愛人。

江奕海離開了，他的喪禮由吳靚負責處理。

在他離開人世後，當初他在采靈待過的痕跡消失得一乾二淨，除了吳靚，其他人都忘記江奕海的存在，好似他不曾出現過，不曾和他們一起工作一般。

吳靚並不意外，只是覺得很可惜。

雖然江奕海在采靈的大部分時間都是靈體的狀態，但江奕海曾經存在於這裡的痕跡就這樣被抹除，她想，會不會哪天她也會忘記江奕海呢？

對其他人來說，江奕海就只是吳靚的友人，也是采靈禮儀社的客人，他們對他沒有特別情感，甚至是悲傷。

最後，吳靚將江奕海以海葬的方式，通過申請，在特定的海域將他的骨灰抛向大海。

江奕海嚮往自由，吳靚就讓他徜徉大海，未來，她也會到他身邊，不會讓他孤單太久的。

❀　❀　❀

五年後——

吳靚離開殯葬業已經有五年的時間。

當年離開，她先告訴大家她離開的原因，大家都很支持她，畢竟當初吳靚之所以放棄畫家的夢想，便是因為父母突然離開，所以她才會接下父母的事業，放棄自己的夢想。

此刻，她願意去追尋夢想，他們都替她感到高興。

吳靚將采靈交給方旗管理，方旗堅持不接下老闆的位置，「小靚，我只是代為管理，但這裡永遠是妳的家，累了，隨時可以回來。」

聞言，吳靚緊緊擁抱方旗，「旗叔，謝謝你，真的很謝謝你。」

離別是感傷的，但這並不是真正的離別，只是暫時離開。

總有一天，他們會再次相聚在一塊，一同歡笑，一同感嘆生命無常。

這五年的時間，吳靚完成當時的夢想，到法國學習畫畫。

即使她中間有一段空檔，但她畫畫的底子很穩，基礎很足，上課時也很認真，因此她進步飛快，也深受老師們的讚賞及喜愛。

在法國待了五年，吳靚心想，是時候要回到臺灣，回到她最愛的家鄉。

在離開法國前她的畫作在某個畫展中展出，因為大受好評，因此主辦單位特別採訪她，詢問她創作理念，以及創作時的心境。

採訪當天，也是吳靚返國的日子。

她的心情很平靜，並沒有因為要接受採訪而不知所措。

一位來自臺灣的女記者負責詢問她問題，旁邊還有一位捧著筆電的外籍男子，據吳靚了解，他們是夫妻，女記者來到法國工作時結識現在的先生，兩人便一起工作，也是此次畫展的策劃人之一。

「吳小姐此次參展的作品大受好評，作品名稱叫做《The End》，這是個很特別的名字，聽起來很悲傷，但妳的作品的色調卻很溫暖，看來很舒服，請問妳是為什麼會以《The End》這個名字做為作品名稱呢？」

吳靚莞爾，手自然而然地拿過擺在桌面，上頭印著自己作品的紙，「若以中文的意思來看，我想表達的是生命的盡頭。盡頭對大部分的人來說是哀傷的，人生走到盡頭也代表離開人世。但，我以暖色調為主體，讓畫面看起來很溫暖，而盡頭之處也並非黑暗，是光芒四射、是幸福的。」

「是什麼契機讓妳創作這幅畫呢？」女記者好奇的問。

「因為我知道他在盡頭等我，所以我並不害怕走向盡頭。」吳靚笑著說。

當她帶著女記者與她的先生來到她的畫作前，畫作上有片大海，但大海中央卻有一條金光閃閃的道路，盡頭處，也是充滿亮麗的色彩。

吳靚看著這幅畫，想起與江奕海一同看海的回憶，她描繪的便是那天的景色。

「總有一天我也會邁向盡頭，我緩緩走向他，而他面帶微笑地朝我伸出手。」吳靚對著畫作喃喃自語著。

「我的盡頭之處，有你，江奕海。」

【正文完】

番外　前世，今生（一）

她叫余安，帶著前世記憶出生。

她前世的名字叫吳靚，原本是個禮儀師，但在喜歡的人的鼓勵下重拾夢想，最後成為一名畫家，在國內外皆享有知名度。

然而，她對前世自己是否在盡頭之處見到那個人竟然完全沒有印象。

這一世，余安出生在一個富有的家庭，父親創業有成，母親則是家庭主婦，而她還有個小自己三歲的妹妹，妹妹十分崇拜姐姐，這讓擁有前世記憶的余安感到哭笑不得。

前世的她終究沒有跟自己的弟弟解開心結，所以她與弟弟基本上完全沒有聯絡，好像只有在晚年弟弟過世，她才去送他最後一程。

她並不知道能不能在這一世找到那一人，但她還是想試試，試著去尋找江奕海。

這一世的江奕海生得如何，余安根本無從得知，但是她相信命運會引領兩人再次見面，即使需要花上一段時間，她也願意為了見到他而努力。

「小安——陸璿來找妳玩囉。」

媽媽的聲音從門外傳來，此時就讀高中一年級的余安坐在書桌前畫畫，並沒有因為母親的呼喚而離開書桌前。
她畫得正忘我，她正在為女孩的眼睛上色，完全沒有心思去管誰進入房間。
一直到她上色完畢，向後深了懶腰，卻赫然見到一名少年坐在她的床上，手捧著書，正在閱讀。
余安看見少年坐在她的床上，她大聲的說：「喂！你怎麼沒有經過我允許就跑進我房間，而且還坐在我床上啊！」
此時坐在余安床上的少年便是陸璿。
陸璿是余安的鄰居，比余安長兩歲，準考生的他，在校表現十分優秀，他的父母與余安的父母關係也十分良好，所以陸璿時常來串門子，根本就把這裡當作第二個家。
余安說不出自己對陸璿是什麼感覺，但她很討厭陸璿的態度，陸璿總是把她當小孩看待，讓擁有前世記憶的余安很是不滿。
「陸璿，你擅闖女生的閨房，就你這樣，以後絕對交不到女朋友的！」余安沒好氣的說。
陸璿只是淡然的抬起頭，輕描淡寫的說：「我已經有喜歡的人了。」
聞言，這倒是勾起余安的好奇心，「已經有喜歡的人……是誰啊？」
陸璿沒有答話，只是繼續低下頭看書。
沒有得到解答的余安，悻悻然的轉過身繼續畫畫。
不知道為什麼，她竟然無法開口驅趕陸璿，陸璿的存在並不會令她感到不自在，反之，他的存在令她感到安心。

低頭畫圖的余安，嘴角微微勾起，「陸璿真的超討厭的。」她心想。

因為外表亮麗，再加上家境的緣故，余安在學校很受歡迎，受到許多男同學追求，不過余安一心想著要找到這一世的江奕海，如果找不到那她也不會結婚，反正她除了江奕海誰也不要。

不過陸璿嘛……好像可以考慮看看。

如果他改掉隨便闖入她房間的壞毛病就好了。

高中畢業典禮當天，或許是因為最後一天的關係，所以余安的追求者一窩蜂擁上前，想要跟余安合照，也遞上要送給余安的畢業禮物，其中不乏趁機告白的人。

「余安。」

在人海中，唯獨他的嗓音尤為清晰。

余安發現陸璿走向自己，手裡捧著一束花，走到她面前後，將花遞給她。

「畢業快樂。」陸璿的嘴角掛著淺淺的笑意。

他的笑容竟讓她感到心神蕩漾，余安抿緊下唇，接過陸璿遞給她的花束，「謝、謝謝。」

她也不知道怎麼搞的，為什麼陸璿只是莞爾，她就害羞了？

陸璿不是江奕海，那為什麼他會因為陸璿的笑容而臉紅？余安已經越來越搞不清楚自己的內心。

那天，原本都是母親來接她下課，但因為母親臨時有事，只好拜託已經上大學的陸璿來學校接余安放學。

其實余安是覺得不需要如此大費周章，大不了她自己坐車回家就行了，何必麻煩陸璿呢？不過，此時的她，倒很感謝母親的安排，因為這樣她就有時間與陸璿獨處。

「余安，妳肚子會餓嗎？」

「會。我很餓。」

「前面有一間咖啡廳，要去嗎？」

陸璿手指了個方向，余安想也沒想便答應了。

兩人走進咖啡廳，余安找了個雙人座坐下，陸璿也拿著菜單走了過來。

「想吃什麼儘管點，我請客。」陸璿將菜單連同筆都推到余安面前。

余安僅僅瞟了一眼，便決定要點什麼，她畫了乳酪蛋糕跟熱的鮮奶茶，又將菜單推給陸璿。

陸璿似乎早就想好要吃什麼，立刻畫記，接著拿著菜單和筆，站起身，往櫃台走去。

余安的視線緊盯著陸璿的背影，厚實的背影與江奕海單薄的背影形成反差。

她總是不自覺地將陸璿與江奕海放在同個天秤上，她會比較兩人的不同，好像這麼做，她能更加確定陸璿不是江奕海這件事。

「唉——」她輕嘆一口氣，想當初，江奕海在找尋她的路上，是不是也一再碰壁呢？她究竟能不能找到他，就算找到了，她能夠一眼認出他嗎？余安給不出答案，畢竟這已經不是前世，她不是吳靚，他也不會是江奕海。

「妳待會有空嗎？」回到座位上的陸璿，將錢包收起後，向余安問道。

余安挑眉，不明所以地說：「怎麼了嗎？我等等都有空，反正今天我畢業了，想去哪都可以。」

「妳可以陪我去個地方嗎？」陸璿問。

余安沒多想，立刻答應他。

番外　前世，今生（二）

陸璿說要帶余安到一個地方，余安不疑有他，反正陸璿應該不會傷害她，兩人認識也不是第一天的事，她對他雖不到非常了解，但至少了解他的為人。

他不是壞人。

陸璿開車載著余安從咖啡廳離開，余安本以為兩地的距離應該不會相差太遠，沒想到陸璿的車還開上快速道路，下了某個交流道，又開一段路才抵達目的地。

來到目的地的他們，陸璿先去停車，余安站在高聳的建築物前，看見建築物的名稱，她更加好奇陸璿帶她來這裡的原因。

這是一間美術館，可是陸璿為什麼要帶她來美術館？是因為他知道她喜歡畫畫，大學就讀的科系也跟美術有關，所以才會帶她來看美術作品嗎？

前世對她的影響很深，前世她無法實現的事，這一生她都想一一實現。

或許這種行為看起來就像是在追尋過去的自己，她很明白吳靚是吳靚，余安是余安，余安永遠不會變成吳靚，所以她也在追尋過去的過程中做點變化，讓這一生屬於「余安」的人生也是特別的一生。

「余安，進去吧。」

陸璿很自然地牽起她的手，余安震驚的看著兩人交握的手，又望向陸璿，他面不改色地走著，好似他們倆牽著手是很正常的事。

「他到底在想什麼？」余安實在摸不透陸璿的想法，但她也甩不開他的手，不，是不想甩開。

陸璿牽著余安的手走上二樓，走進一間展示廳，余安都還來不及看這間展示廳展示的是什麼樣的作品便被陸璿帶進去了。

陸璿加快腳下的速度，余安被他拉著走，一個不小心差一點跌倒，是陸璿將她拉進懷裡，她才避免摔倒在地。

依偎在陸璿懷中的余安，臉蛋不自覺泛紅，心跳越跳越快，再加上展示廳內極為安靜，余安彷彿能聽見自己的心跳聲，但隱約，她好像也聽見不屬於自己的心跳聲，她抬起頭，發現陸璿幽深的眼眸緊盯著自己。

她抿著下唇，暗地裡嚥了一口唾沫。

「抱歉，是我走太快了。」

她原以為兩人會發生什麼事，可陸璿只是將她的身子扳正，並向她道歉。

余安眨眨眼，感到很錯愕，但是她沒有驚訝太久，又再次被陸璿牽著走。

「陸璿，你帶我來這裡是想做什麼？」余安終於忍不住問出她最想知道的問題。

陸璿沒有立即回答，一直到他們站在一幅畫前，余安的目光飄向面前那幅畫，她頓時愣住，瞳孔放大，不敢相信這幅畫竟然會出現在她面前。

而帶她來到這幅畫面前的人，是陸璿。

「陸璿……你到底……」

話說到一半便止住。

因為陸璿的目光緊盯著畫作，好似被定住一般，完全挪不開視線，即使余安呼喚他，他也不曾轉過頭看向她。

「……我一直在等妳想起我是誰，不過，看來是年齡跟長相上的差異，所以妳沒認出我。」

陸璿的話令余安皺起眉頭，「你說我要認出你是誰？我們以前就認識嗎？」

陸璿之於她，就是鄰家哥哥，兩人從小便認識，難道在更早之前兩人就認識？還是說……

有股念頭在余安腦中滋長，那是她始終無法確認的事，卻因為陸璿的一席話，令她開始懷疑兩者的可能性。

「是、是你嗎？你是……江奕海。」

「吳靚，好久不見。」陸璿朝著余安綻放出燦爛的笑容。

余安僵在原處，呆愣地看著陸璿，半晌，她直接撲向陸璿，緊緊抱著他，語氣難掩激動，「真的是你嗎？江奕海，你真的是江奕海！」

陸璿也緊緊回抱住她，用盡全力，像是要將她鑲入體內似的，「吳靚，對不起，讓妳久等了，我不會再離開妳。」

聞言，余安不禁哽咽，「你、你明知道我是誰，你為什麼要、要到現在才要告訴我？」這一世兩人明明那麼靠近，想見面是那麼容易的事，為什麼要等到這一天，他才願意向她坦然一切？

陸璿的視線飄向面前的畫作。眼前這幅畫是《The End》，也就是吳靚的作品。

「在十八歲生日那一年，我的腦中突然湧現出不屬於我的記憶。記憶中的我名叫江奕海，而有個女孩深深烙印在江奕海的腦海深處，那人便是吳靚。一開始我沒辦法接受自己擁有前世的記憶，因為在那些記憶湧現時，我隱約聽見一道莊嚴的嗓音對我說：『時機尚未成熟，不得任意告訴任何人有關於前世的事。』聽起來很神奇，但每當我想向妳提起一些端倪，我便無法發出聲音，我瞬間理解，原來前世的事都是真的，而我也不能任意提起這件事。」

或許其他人聽見陸璿這麼說，會認為他在作夢，在胡說八道，但是對同樣擁有前世記憶的余安而言，陸璿的一字一句，對她來說都是如此真實。

「那為什麼現在就可以說出口呢？」余安問。

陸璿的視線又回到她身上，抬起手，輕撫她的臉蛋，柔聲道：「在前幾天我又聽到那個聲音，告訴我，在妳畢業這天帶妳到這裡，並對妳坦承一切。一開始我也不明白為什麼要到美術館，上網一查才知道，原來妳的作品在這裡展示，我也很想當面欣賞這幅畫，於是我照著祂的指示，帶妳到這幅畫前，並對妳說出我所知道的一切。」

余安踮起腳尖，在陸璿的臉頰上落下一吻，一吻畢，她迅速退回原位，低垂著頭，想掩飾嬌羞的臉龐。

「位置不太對。」陸璿伸手扣住余安的下巴，使之下巴抬起，並將唇覆蓋上去。

余安來不及反應，完全被陸璿牽著鼻子走。

他的舌捲動著她的小舌，雙舌在口中交纏，而他的手繞到余安腦後，一使力，他更能深入親吻余安。

直到余安臉部因為缺氧而脹紅，陸璿才鬆開她，抱著大口喘氣的余安，臉上難掩喜悅。

「余安，這一生我們一起走向盡頭吧。我會待在妳身邊，不會隨意離開妳。」陸璿興奮的說。

余安的氣息平穩後，她先是重捶陸璿的胸脯，板起臉色，看來像在生氣，但下一秒，她緊繃的臉色瞬間瓦解，取而代之的是燦爛的笑容。

「陸璿，你要是敢離開我身邊的話，無論天涯海角，我都會找到你的！今生，你要負起守護我的責任，我們要一起邁向盡頭之處——」

這一世，他們不會輕易鬆開彼此的手。

他們已經約好，要共同邁向盡頭。

今生，他們的盡頭之處，有彼此。

【全文完】

後記

大家好，我是摸西摸西。

當初在網路上連載這個故事的時候，下方留言就看見有讀者分享心得的時候提到看了很難過。確實，這是我目前寫過最悲傷的故事無誤。

但，悲傷中卻帶點希望，正如吳靚及江奕海，兩人是彼此的救贖。

很少人會談生死，但也是因為前年我經歷一場喪事，我始終無法忘記那十多天發生的事。因此，我決定以殯葬業為主旨，寫一個關於禮儀師的故事，同時，也在之中穿插我對生命的想法。

正如我在故事中寫道：人總有一死，只是早晚的事。

生命消逝是自然現象，從古至今，都有人妄想長生不老，但這根本是不可能達成的事，活得再久，還是會走向盡頭。

有的人比較幸運，是壽終正寢，在睡夢中離開人世；有的人比較辛苦，是帶著滿身病痛，與病魔纏鬥終究敗下陣，因而離世。

有些人在離世後，有一群家人處理他的後事。他的家人是難過的、惋惜的，但這個世界上也是有人沒有這個福氣，因為跟家人的關係不好，死後沒有人願意替他辦後事，最後落得參加共同公祭的下場。

前年，也就是書寫這本書的那一年年初，我的父親因肝癌過世，他過世前一天下午，我正準備出門搭車回學校，才剛搭上火車，便在火車上收到弟弟的訊息——爸爸被救護車載走了！

當下我除了震驚還是震驚。想到剛才出門才剛跟他說再見，沒想到我們真的再也不見了。弟弟告訴我，在我出門後，叔叔替父親量了血壓，發現他的心跳很慢，而且有點喘不過氣，所以叔叔立刻打電話叫救護車，救護車立即送父親到醫院。因為這不是父親第一次被救護車送到醫院，所以我心裡即使擔心，卻也相信父親會平安無事的回到家中。

不知，父親在凌晨時被判斷為器官衰竭，因父親在生前有說過他不想急救，一直守在他身邊的母親，也簽下了放棄急救的申明書。在凌晨兩點多時，父親離開了人世。

父親過世當下，身為他最疼愛的女兒，我竟然無法守在他身邊，而且還是隔天我傳訊息問弟弟父親的情況，弟弟才告訴我父親過世的消息，令我措手不及。

這是我人生中的遺憾，無法再跟父親說上一句話，無法再聽他喚我一聲「臭姐姐」，我真的很難過。因此，我更加珍惜我的家人，花更多時間陪伴他們。

我的故事告了一段落，接下來來談談本書主角吳靚跟江奕海吧。

在吳靚的父母尚未去世前，吳靚其實是個開朗、任性的女孩。然而，因為她認為父母離世的原因與她有關，她逃避的結果，又令弟弟討厭她，甚至不把她當作姐姐看待。

吳靚最後選擇接手父母的事業真的是為了贖罪。她用她的能力幫助往生者，過程辛苦，但她認為這便是她唯一能贖罪的方式。

而江奕海，他在年幼時受到的傷害並沒有因此打擊他，因為吳靚出手幫助他，他記得她的恩情，一記便是十幾年。

這個故事加入奇幻元素便是江奕海的部分。其實江奕海後來大部分時間都在醫院，所以在後半段在殯儀館出入的江奕海，其實是他的靈體，算是靈魂出竅吧。

即使他人躺在醫院，他仍不忘吳靚。他要報答吳靚的恩情，所以他以靈體的身分待在吳靚身邊，守著她。

無論是在網路連載時便在追文且留言鼓勵我的讀者，或是現在拿著實體書閱讀的你，我很感謝你閱讀了這本書。希望看過這個故事後，能讓你更加珍惜身邊的人。

生命很短暫，且充滿不確定性。你沒有辦法預料身邊的人何時會離開，所以，你只能趁早將自己對他們的愛說出口、珍惜他們。

我是摸西摸西，因為有你們，我才能完成這個作品。

我們下次再見囉！

要青春101　PG2823

要有光 FIAT LUX

盡頭之處，有你

作　　者　摸西摸西
責任編輯　楊岱晴
圖文排版　黃莉珊
封面設計　吳咏潔

出版策劃　要有光
發 行 人　宋政坤
法律顧問　毛國樑　律師
印製發行　秀威資訊科技股份有限公司
114台北市內湖區瑞光路76巷65號1樓
電話：+886-2-2796-3638　傳真：+886-2-2796-1377
http://www.showwe.com.tw
劃撥帳號　19563868　戶名：秀威資訊科技股份有限公司
讀者服務信箱：service@showwe.com.tw
展售門市　國家書店（松江門市）
104台北市中山區松江路209號1樓
電話：+886-2-2518-0207　傳真：+886-2-2518-0778
網路訂購　秀威網路書店：http://store.showwe.tw
國家網路書店：http://www.govbooks.com.tw

出版日期　2022年09月　BOD一版
定　　價　300元

讀者回函卡

Printed in Taiwan

國家圖書館出版品預行編目

盡頭之處,有你/摸西摸西著. -- 一版. -- 臺北
市 : 要有光, 2022.09
面； 公分. -- (要有光)
BOD版
ISBN 978-626-7058-49-7 (平裝)

863.57 111012282